Pour Anne-Céline cette

ballade dans un quartier

[illegible] de notre belle cité

LE RENDEZ-VOUS DE SAINTE-PEZENNE

Amicalement

[illegible]

12/4/2011

© Éditions du Petit Pavé
BP 17 - Brissac Quincé
49320 Saint-Jean des Mauvrets

ISBN : 978-2-84712-283-1

© Illustration de couverture :
Photographie de Darri

www.petitpave.fr

Hervé GAUTIER

LE RENDEZ-VOUS DE SAINTE-PEZENNE

Les enquêtes du Commissaire Martineau

Roman à suspens

Éditions du Petit Pavé

A mes enfants Régis et Marine
qui ne liront pas ces lignes.

« Sur une rive les prairies s'étalaient,
drues et fleuries de saxifrages ;
elles étaient séparées par de fortes haies,
pleines d'oiseaux.
L'autre rive, abrupte et broussailleuse,
était couronnée par le village.
C'était un endroit toujours frais et abrité,
quelle que fût la saison.
L'air y sentait le limon et la menthe sauvage,
de grandes libellules y passaient et repassaient
comme des éclairs bleus.
Dans un espace très restreint,
il y avait de quoi regarder et se distraire
pendant de longues journées. »

[paysages de Ste-Pezenne vus par]
Claire Sainte-Soline.
« *Irène Maurepas* »

Les personnages

Armand Grimadot – Mme Grimadot.

Léonie Grimadot, épouse You, fille des précédents.

Robert You (colonel).

Olivier You (la victime), fils de Robert et Léonie You née Grimadot.

Philippe Berdon (fusillé avec M. Justin en 1943).

Huguette Berdon, épouse d'André Gaurin, fille de Philippe Berdon.

Jean Justin (fusillé avec M. Berdon en 1943).

Michel Justin (représentant), fils de Jean Justin.

Thérèse Nivette, amie d'Olivier You puis d'Yvan Martineau.

Yvan Martineau, commissaire de Police.

Comme l'aurait dit Boris Vian dans l'avant-propos de *L'écume des jours*, cette histoire est vraie puisque je l'ai imaginée d'un bout à l'autre. Toute ressemblance avec des personnages existants ou ayant existé serait une pure coïncidence.

Niort, automne 2000.

Le commissaire Yvan Martineau avait l'esprit un peu flou en cette soirée d'automne.

Malgré la fraîcheur qu'une vague venue de Sibérie avait apportée, il avait fait quelques pas dans son quartier de la colline Saint-André. Les rues étaient désertes et un petit vent assassin, qui tranchait sur la douceur des derniers jours, les traversait. Manifestement, il y avait quelques faiblesses du côté de l'anticyclone des Açores.

– Les Niortais n'aiment pas le froid, se dit-il, et je suis comme eux.

C'était étonnant, mais il en prenait conscience. Lui qui s'était longtemps considéré comme un étranger dans cette ville, en faisait maintenant partie. Il y avait plongé ses racines orphelines après de longues années d'errance professionnelle. Le hasard l'avait amené ici, il s'y était trouvé bien et avait résolu de s'y fixer. Il n'y avait pourtant aucune raison à cela, peut-être une coïncidence ou un séjour de vacances dans le Marais Poitevin et à Échiré. Il avait aimé la quiétude de la région et ce, malgré une enquête à laquelle il avait participé un peu malgré lui[1]. C'était ainsi et il s'était laissé faire. Ce n'était même pas une femme qui l'avait attiré et retenu, peut-être la luminosité, la douceur du climat, une certaine qualité de vie... non vraiment, il ne savait pas, mais il s'était laissé porter par cette attirance, s'était installé dans cette petite maison de la colline Saint-André qui donne sur la Sèvre. Un chat tabby était venu un matin miauler à sa porte, il l'avait adopté, à moins que ce ne soit le contraire, et il avait senti que c'était désormais là qu'il voulait vivre et travailler, mourir peut-être ?

Quand il avait annoncé son intention de s'installer à Niort, il s'était souvenu de l'école primaire et de sa musique langoureuse : « Département des Deux-Sèvres, chef-lieu Niort, sous-préfectures Bressuire et Parthenay », comme une sorte de comptine de la communale. Elle résonnait dans sa mémoire comme la complainte des tables de multiplication qu'il fallait savoir par cœur, les éclaboussures d'encre violette sur ses petits doigts, les plumes « sergent-major » qui formaient les pleins et les déliés des mots, le tableau noir et la poussière blanche de la craie, les culottes courtes et les parties de billes dans la poussière de la cour de récréation, les agates de verre gagnées puis reperdues... Il s'était laissé bercer par cette douce nostalgie de l'enfance pourtant lointaine, était venu ici en se disant que ce ne serait peut-être qu'une étape dans sa vie, une page vite tournée. Pourtant il y était resté sans trop savoir pourquoi et au bout de quelques mois avait

[1]« *La légende du Marais* » et « *L'ombre du Château Salbart* »

résolu de mettre définitivement fin à ses pérégrinations.

Un de ses collègues, qui avait sans doute manqué sa vocation de géographe, lui avait lancé « 46°, 20′ 57″ de latitude nord, 0°, 26′ 72″ de longitude ouest », comme on désigne sur la carte un point inconnu. Yvan n'avait pas d'attirance particulière pour les méridiens et les parallèles et même s'il savait que « voyager n'est pas guérir son âme », il avait répondu à ce camarade un peu trop savant ou pédant à son goût avec une pensée de Montaigne dont il était par ailleurs un lecteur assidu : « *Le voyager me semble un exercice profitable. L'âme y a une continuelle exercitation à remarquer des choses inconnues et nouvelles.*»[2] D'évidence, ces deux hommes n'étaient pas faits pour se comprendre !

Il marchait donc sans trop savoir où il voulait aller, perdu dans ses pensées. Il descendit vers le marché... La haute silhouette des Halles était rendue à la quiétude nocturne. D'ordinaire il en aimait la douce et coutumière bruyance, venait y chercher de la nourriture mais aussi une sorte de supplément d'âme qui l'aidait beaucoup à supporter son quotidien. C'est à peine s'il remarqua les devantures éclairées de la rue Victor Hugo, les petits points lumineux, un peu vert d'eau, qui soulignent les hautes façades des maisons, symbolisant les lucioles du marais tout proche, et qui brillent toute la nuit...[3]

---

[2] Essais III, IX. De la vanité.

[3] Le concepteur-lumière parisien Roger Narboni a ajouté 81 « lucioles » vertes, en 1992, sur les façades des rues Ricard et Victor Hugo.

Il était à ce point absorbé qu'il n'aperçut ni les mâts vénitiens censés évoquer la Venise Verte, ni le glasphalt sur lequel il marchait. Les lumières des magasins faisaient briller les petits morceaux de verre qui sont emprisonnés dans le goudron. Ce que, d'ordinaire, il regardait comme « un tapis d'étoiles » n'attira même pas son attention. Il avait l'esprit vague, quelque chose qui ressemblait à de la tristesse, sans en être vraiment.

Il croisa quelques passants attardés qui parlaient à mi-voix. On sentait que la ville se refermait sur elle-même, que la soirée serait courte, que la nuit s'installait...

Martineau marchait un peu comme un robot, et même les dragons de bronze, tant décriés à l'origine, qui maintenant font partie du paysage et sont l'emblème de la rue Ricard, lui restèrent invisibles. Tout ce décor familier était comme diaphane. C'était peut-être à l'aune de cette indifférence apparente qu'il mesurait son appartenance à cette ville... et son état d'esprit de ce soir.

Sans s'en rendre compte, il se retrouva Place de la Brèche, longea les cafés... De longues années de complicité avec l'eau minérale lui faisaient éviter les débits de boissons. Peut-être aussi fuyait-il les gens ou plus exactement n'aimait-il les voir que de loin ? En passant devant « le Grand Café », il eut une pensée furtive pour Ernest Pérochon qui avait ici ses habitudes, mais c'était il y a tellement longtemps ! Au loin les bâtiments du Lycée Fontanes lui évoquèrent Gaston

Chérau qui y fut élève et qui parla si bien de la ville et de la région. Les baraques de restauration rapide commençaient à fermer faute de clients, le manège était bâché, le camion-magasin de confiserie avait fermé son étal. Il lui arrivait parfois de s'y arrêter pour mâcher quelques mots avec la serveuse et respirer l'odeur sucrée et chaude de cette boutique. C'était un peu de son enfance à Saint-Nicolas sur la Lhysse qui lui revenait pendant ces quelques instants de complicité. Cela lui faisait du bien et les berlingots de couleur fondaient agréablement dans sa bouche. C'était un petit moment festif qu'il partageait avec nombre de Niortais qui avaient ici leurs souvenirs... depuis quatre générations. Au loin, les jardins étaient déserts. On parlait depuis de nombreuses années de remodeler ce décor, de modifier la structure urbaine, de la rendre aux piétons, de réduire la circulation des voitures, de créer un parking souterrain sous cette place. C'était là des projets toujours remis à plus tard mais qui finiraient bien par se réaliser. Il fallait bien que l'aspect et l'atmosphère de la ville changent !

Sans trop savoir pourquoi, il flâna un peu et entreprit de monter l'avenue de Paris, sans véritable raison. Niort est une ville qui vit peu la nuit, mais le quartier du bas de l'avenue de Paris et de la Brèche, plus que le centre-ville côté rue Victor Hugo, conserve une animation tard dans la soirée à cause des restaurants, de leurs lumières qui éclaboussent la nuit et du va-et-vient des clients. La lueur d'un de ces établissements le fit s'arrêter et consulter la carte. L'enseigne portait un nom italien et cela lui rappela une escapade estivale et solitaire qu'il avait faite un jour en Toscane. C'était un peu une folie, mais il entra. On lui offrit une table. Il la choisit dans un coin de la salle. Après tout, Kiki, son chat, ne l'attendait pas et avait, comme tous les soirs, déserté son logis. Il ne reviendrait qu'au matin réclamant caresses, pâtée et repos.

Martineau était divorcé depuis de nombreuses années, vivait ce célibat tant bien que mal et chaque jour qui passait l'engonçait davantage dans cette vie solitaire qu'aucun visage de femme ne venait éclairer. Il avait même fini par prendre des manies de vieux garçon. Qu'est-ce qui avait poussé Yvan dans ce restaurant au nom transalpin, une folie passagère peut-être, une volonté d'échapper à cette nostalgie qui était sa compagne depuis longtemps, depuis qu'il avait vu partir la femme qu'il aimait, qu'elle avait choisi un autre homme, une autre vie ? Il n'était resté marié que peu de temps et avait réagi à ce qu'il considérait comme une malchance, pire, comme une malédiction... par la fuite. Après son divorce, il avait demandé sa mutation dans de nombreuses villes de France, n'y était resté que quelques mois à chaque fois, comme si ce qu'il y cherchait ne s'y trouvait pas. Au vrai, que désirait-il ? Une compagne, ce n'était même pas sûr, puisque sa timidité maladive lui interdisait de la rechercher efficacement. Il n'avait rien d'un séducteur, se contentait de croiser le regard des femmes dans la rue et de rêver à d'autres horizons qu'il ne connaîtrait jamais. C'était son lot, le sens de son existence au quotidien, l'aboutissement d'un parcours où il n'aurait qu'une retraite solitaire en compagnie d'un chat.

Après une longue errance, le hasard l'avait conduit à Niort et il avait résolu d'y planter ses racines. Pourtant, il traînait avec lui une sorte de mélancolie, de marche en équilibre sur un fil, avec de chaque côté le vide.

Au vrai, un peu naïvement, Yvan avait cru qu'il entendrait parler italien dans ce restaurant, simplement parce que l'enseigne avait les syllabes ensoleillées de la péninsule transalpine. Il ne comprenait pas la langue de Dante, ou plus exactement celle de Berlusconi. Il s'était pourtant bien promis de l'apprendre un jour prochain, à cause peut-être de la voix rocailleuse et des chansons de Paolo Conte ou de la certitude qu'il avait toujours eue qu'un Français se devait de parler italien parce que ce sont là deux langues sœurs, que c'est une musique agréable à l'oreille et que, comme le français, elle parle de culture. C'était peut-être aussi la langue qu'on utilise plus volontiers pour parler aux femmes ? Il se souvint d'ailleurs que Niort possède « la Maison Rose de Bernard d'Agesci », qui est un rayon de soleil toscan en Poitou.

Il ne pratiquait pas ce langage, bien que nombre d'Italiens parlent le français, mais, à ce qu'il en savait, ce restaurant évoquait la province de Naples, le soleil, le farniente, la douceur du climat, la côte Amalfitaine, la fragrance des citronniers et peut-être le chant des sirènes d'Ulysse. Cela tombait bien pour lui, ce soir, son moral était au plus bas !

Était-ce le fait d'avoir poussé la porte et de se retrouver sans transition dans une ambiance festive, ou à tout le moins distincte de celle qui lui était ordinaire, il sentit monter en lui une sorte de volonté d'être ce soir différent. Le sourire engageant du patron l'encouragea, bien qu'il n'eût pas réservé. Il voulut placer cette soirée sous le signe des excentricités culinaires. Il commanda une salade gourmande dont la variété et l'abondance allaient mettre à mal son taux de cholestérol. Les tagliatelles le tentèrent, et, pour finir, il lui sembla qu'une crème brûlée à la douce saveur de vanille serait agréable à son palais, même si elle devait bousculer un peu un diabète naissant auquel il faisait d'ordinaire très attention... Avec, exceptionnellement, un pichet de rosé vénitien, en souvenir peut-être de ce petit vin de Romagne qui lui avait un peu fait perdre la tête pendant ces fameuses vacances. Mais il y avait si longtemps ! Il avait pourtant, lui aussi, fait le vœu de choisir l'eau de la source du Vivier que boivent tous les Niortais, ou simplement de l'eau minérale, à condition, ajoutait-il, un tantinet goguenard, « qu'elle soit d'une bonne année ! »

Il fallait qu'en cette soirée, il fût possédé par une envie passagère et un peu folle de changer de vie l'espace de quelques instants. «Allez, ce n'est pas tous les jours fête ! » pensa-t-il, sans trop savoir à quoi il pouvait bien en attribuer la raison. Franchement, pour quelqu'un qui mangeait le plus souvent dans la solitude de sa cuisine, c'était carrément du délire !

L'appétit lui vint d'un coup, à cause peut-être de cette assiette appétissante, de la couleur un peu diaphane du breuvage et de l'ambiance du lieu. De sa table, il pouvait voir tous les dîneurs. Certains parlaient fort et d'autres préféraient les conversations intimes. Il y avait des femmes. Il était toujours émerveillé par leur sourire, la finesse de leurs traits, le galbe de leur corps. Ce n'était là qu'un simple plaisir des yeux mais il s'en contentait. Il préférait pourtant l'été, la chaleur, et leur corps à demi dévêtu offert aux rayons du soleil, leur peau douce et hâlée ...

C'était un enchantement à chaque fois renouvelé que lui offraient sans le savoir les passantes qu'il croisait dans la rue. L'émotion qu'il ressentait à leur approche, la complicité qu'il lisait parfois dans leurs yeux. L'effluve du parfum qui les accompagnait le bouleversait souvent. C'était un moment merveilleux, fugace mais toujours sans lendemain. Il aimait ce plaisir, simple, éphémère et qui n'engage à rien. Il n'était pas beau et ne s'aimait pas beaucoup. Il aurait pu dire avec Verlaine :

« *A vingt ans un souffle nouveau*
sous le nom d'amoureuse flamme
m'a fait trouver belles les femmes :
elles ne m'ont pas trouvé beau ».[4]

Ses vingt ans étaient loin, mais l'émerveillement suscité par les femmes demeurait. La fragrance qui les suivait se dissolvait rapidement dans l'air, comme leur image dans sa mémoire. Un poète avait célébré cet instant magique, cette complicité éphémère peut-être, et il se sentait en communion avec lui.

---

[4] La chanson de Gaspard Hauser

« Une femme passa, d'une main fastueuse
Soulevant, balançant le feston et l'ourlet ;
Agile et noble, avec sa jambe de statue.
Moi, je buvais, crispé comme un extravagant,
dans son œil, ciel livide ou germe l'ouragan
La douceur qui fascine et le plaisir qui tue.
...Ailleurs, bien loin d'ici ! Trop tard, jamais peut-être !
O toi que j'eusse aimée, ô toi qui le savais ».[5]

Il était d'une timidité définitive, ce qui l'empêchait de tenter la moindre avance auprès d'une femme. Pourtant ils les trouvait belles, ne croyait pas en Dieu ni dans tout ce que le vieux curé de Saint-Nicolas sur la Lhysse lui avait enseigné dans son enfance, au catéchisme, mais considérait les femmes comme la forme la plus aboutie de l'esthétique humaine. Cette constatation simple s'était imposée à lui et avait fini par avoir à ses yeux plus de valeur que tous les aphorismes et les anathèmes, fussent-ils théologiques. Il n'avait cure de toute cette histoire de création divine à partir d'une côte de l'homme, et de l'infériorité supposée de nos compagnes. A l'époque, son âme d'enfant avait reçu le message sans oser le commenter mais en se demandant ce que cela pouvait bien vouloir dire. Adulte, il avait eu tout le temps de remettre tout cela en question et, aujourd'hui, il avait du mal à admettre que les passantes, celles qu'il croisait dans la rue et les autres, étaient à ce point le produit d'une sous-création ! Surtout dans une ville où, plus qu'ailleurs peut-être, elles avaient su, par leur travail, imposer leur présence et affirmer leur valeur.

---

[5] Charles Baudelaire - « *A une passante* ».

Avant de commencer son repas, il avisa deux hommes qui étaient à la table à côté. Leur conversation était si forte qu'il pouvait aisément les entendre. Ils parlaient de femmes, mais pas exactement dans le registre qui aurait pu être celui d'Yvan. L'un d'eux étalait ses conquêtes et, à l'en croire, ne comptait plus ses maîtresses ni ses passades. Il en vint même à évoquer des détails intimes, voire salaces, à l'évidence pour épater son interlocuteur. L'autre semblait boire ses paroles.

Il mangea lentement, but par petites gorgées tout en observant les gens qui l'entouraient. C'était le hasard qui l'avait amené ici et il était satisfait de s'être laissé porter par lui, intimement ravi d'avoir cédé à cette petite tocade passagère.

Il y eut une altercation un peu forte entre un homme et une femme. Leurs paroles rebondirent sur les murs peints de l'établissement et provoquèrent un apaisement soudain du brouhaha. L'homme, sans doute désireux de ne pas envenimer les choses et peut-être aussi de ne pas se donner en spectacle, se leva lentement devant celle qui lui jetait des regards de furie. Il s'inclina, lui adressa un « Mes hommages, madame » qui résonna dans le silence qui s'était établi, lui prit la main et, se penchant vers elle, la lui baisa avec respect. Cela acheva de la décontenancer bien que la colère qui s'était peinte sur son visage ne se fût pas effacée. Il sortit sous le regard étonné des autres clients, régla la note à la caisse et disparut. Yvan ne put s'empêcher de penser que, quel que soit l'objet de la dispute, il y avait là la marque d'une grande distinction chez cet homme, que les habitudes avaient dû changer sans que Martineau s'en rendît compte, mais que le style « Vieille France » le touchait toujours autant ! Il était impressionné par ses contemporains qui faisaient montre de cette « classe », cette façon un peu surannée, voire anachronique de se comporter avec les dames. Il ne lui parut pas incongru que cet homme s'exprimât d'ordinaire en usant de l'imparfait du subjonctif dans la conversation. Il ne risquait pas, lui, d'avoir cette attitude, cette occasion... il eût été gauche, compassé, peu naturel, cuistre peut-être... Pourtant, en cet instant, le geste lui parut un peu trop théâtral, trop artificiel même ! Cela ressemblait à une rupture froide, la fin d'une liaison qui avait dû être torride ou qui aurait voulu l'être, l'échec de ce qui n'avait pas été ou qui ne serait jamais. Il sentit que dans l'attitude de l'homme, il y avait quelque chose de retenu, une manière de politesse trop appuyée pour que le geste, quoique distingué, fût sincère !

L'homme sorti, les conversations reprirent et le bruissement se réinstalla dans la salle. Ce fut à peine si l'incident avait monopolisé une minute de cette soirée. La femme termina son dessert puis s'éclipsa elle aussi, saluant la patronne à la caisse. Yvan nota seulement qu'elle était encore jeune et que le choix de ses vêtements mettait harmonieusement en valeur sa beauté naturelle.

Martineau demeura à sa table un long moment après qu'il eut fini son repas. L'ambiance du lieu lui plaisait bien. Il avait au moins pour lui l'avantage de trancher sur ses habitudes solitaires. Dîner seul d'un plat préparé n'avait rien de réjouissant et le fait de voir des gens le comblait. Il se dit qu'il reviendrait goûter ce plaisir simple un autre jour. Il fut même tenté de se commander un verre de grappa, mais il lui sembla que c'était là un luxe qu'il ne souhaitait pas vraiment. Il considéra que, au regard de l'eau quotidienne qu'il avait l'habitude de consommer, le pichet de vin constituait un indéniable accroc à ce régime alimentaire qu'il s'imposait depuis toujours.

« Si je continue comme cela, je suis bon demain pour une gueule de bois », se dit-il.

La mélancolie qu'il affichait sur son visage en début de soirée avait fait place à une franche bonne humeur à laquelle l'absorption du pichet n'était probablement pas étrangère. Il se prit à penser.

« Il ne me reste plus qu'à me trouver une femme et à m'établir avec elle ».

Il fallait effectivement que ce vin eût des propriétés décontractantes pour lui faire ainsi, ne serait-ce qu'envisager de changer à ce point de vie !

C'est donc en arborant un air satisfait qu'il paya sa note et sortit, adressant au passage devant la caisse un mot de félicitation et la promesse de revenir.

Dehors il faisait nuit, mais il lui sembla que le temps s'était radouci. La cuisine et le vin italiens avaient décidément beaucoup de vertus !

L'avenue de Paris était calme et il ne vit pas une ombre s'approcher de lui.

– Excusez-moi, monsieur.

Martineau sursauta. Une femme venait de l'aborder.

– Oui, fit-il, un peu étonné, que puis-je pour vous ? Espérant dans son for intérieur qu'il y avait une erreur sur la personne et qu'il pourrait bientôt rejoindre son domicile pour une nuit paisible qui couronnerait cette agréable soirée.

– Je vous ai vu dans ce restaurant.

– J'en sors effectivement.

Il finit par reconnaître les traits de la femme de tout à l'heure.

– Pardonnez ma témérité, mais, comment vous dire, vous êtes bien commissaire de police ?

– En effet !

– Je suis la veuve d'un brigadier-chef mort il y a de cela quelques mois. J'ai eu l'occasion de vous croiser.

– Oui, fit Martineau qui avait souvenir de ce policier décédé lors d'une perquisition pendant laquelle il avait été mortellement blessé, oui, je me souviens, en effet, dit-il en s'efforçant de prendre une mine de circonstance.

Yvan était pressé de rentrer chez lui, mais son interlocutrice avait tendance à s'incruster. Elle parlait d'abondance, voulant tout dire avant que le commissaire ne se dérobe.

– Vous savez, commissaire, mon mari s'occupait de tout, des papiers domestiques, des déclarations administratives. Moi, je lui faisais confiance, cela m'arrangeait bien, je n'y entends pas grand-chose à la paperasserie, mais, depuis qu'il est mort, je me sens bien seule.

Yvan, rendu un peu guilleret par le vin, ne comprit pas bien le sens de ces paroles mais préféra ne pas leur donner l'interprétation qui lui venait à l'esprit : l'invitation d'une femme seule qui souhaitait peut-être se rapprocher de lui. Puis, comme si cela n'avait servi que d'entrée en matière, elle précisa :

– L'homme de tout à l'heure, dans le restaurant, eh bien il me harcèle !

A le voir ainsi discuter avec une femme sur le trottoir, on aurait pu penser que Martineau était en galante compagnie. Au contraire, et pressé de rentrer chez lui, il l'invita à venir lui rendre visite, le lendemain à son bureau.

*

Quand il ouvrit la fenêtre à son chat, le jour un peu brumeux avait du mal à se lever... comme lui ! La fourrure de l'animal portait encore la fraîcheur de la nuit. Une migraine persistante torturait Yvan. Il n'avait aucune expérience en la matière, mais il pressentait qu'il lui faudrait toute une journée pour s'en débarrasser et que ni l'aspirine ni le paracétamol n'en viendraient à bout. L'agréable odeur de café qui envahissait la cuisine, pas davantage que le grand bol de breuvage fumant qu'il aimait fort et sans sucre, ne parvinrent à dissiper le brouillard qui encombrait son cerveau.

« Cela m'apprendra à me livrer à des libations inconsidérées. Voilà ce qui arrive quand on n'a pas l'habitude », se demandant à part lui s'il ne devait pas définitivement renoncer à l'eau ou au contraire poursuivre dans le mauvais choix du vin.
« Allons, je suis quelqu'un de sérieux, malgré tout ! »

Dehors il tombait une pluie fine qui avait chassé le froid de la veille.

*

La femme parlait avec faconde comme quelqu'un qui a tellement de choses à dire qu'il ne sait par où commencer. Du défunt, rien, « le meilleur des maris » et, à l'entendre, Martineau pensa dans son for intérieur qu'il devait bien être de ces hommes qu'on pare de toutes les qualités, mais seulement quand ils sont morts. En revanche, de celui qui la harcelait et dont Yvan n'eut aucun mal à comprendre qu'il fut un temps son amant, elle expliqua :

– Nous nous sommes connus intimement, dit-elle en rougissant, mais seulement après la mort de Jean Pierre, mon mari, M. Le Commissaire, vous savez ce que c'est d'être veuve jeune et sans enfant, je me suis retrouvée bien seule et j'ai voulu refaire ma vie... mais j'ai vite compris qu'il n'était pas celui que j'attendais, alors j'ai rompu après ce petit moment de folie, mais lui cherche encore à me revoir...

Martineau pensa que soit elle s'était trouvée à ce point désemparée par le décès de son conjoint, soit elle ne connaissait pas assez la gent masculine, soit elle avait été un peu trop rapide à changer d'existence et surtout peu perspicace dans le choix de celui qui avait pris auprès d'elle la place de ce pauvre Jean Pierre ! Quant à savoir ce que c'était que d'être une jeune veuve sans enfant, il n'en avait vraiment aucune idée !

– Il est amoureux de vous, tout simplement ! fit Martineau, comme si la chose allait de soi.

– Probablement, mais, pour vous dire vrai, je m'en moque maintenant.

– Et au restaurant ?

– Il m'avait pourtant promis que tout était fini entre nous, qu'il ne chercherait plus à me revoir. C'était une invitation en amis, mais en réalité il avait d'autres intentions, voulait reprendre nos relations intimes. J'ai refusé, d'où son attitude. Je crois que je n'ai pas bien fait d'accepter cette soirée avec lui, il y avait déjà plusieurs jours qu'il me téléphonait, qu'il m'attendait à la sortie de mon travail... Je sais maintenant à quoi m'en tenir avec lui.

Martineau n'écoutait plus, ce n'était qu'un petit drame sentimental des plus banals qui ne méritait assurément pas qu'on dérangeât un fonctionnaire de police, fût-il collègue de travail de feu son mari. Tout allait rentrer dans l'ordre rapidement et nul n'y songera plus, pensa-t-il. Quand il eut supporté le flot de son monologue, il la regarda avec l'air vaguement interrogatif de celui qui demande à son interlocuteur s'il en a fini de son discours. Elle avait terminé en effet ! Yvan promit de tancer cet intrus si d'aventure il se manifestait à nouveau. Pourtant, il n'était besoin ni d'être grand clerc ni un extralucide-pratiquant pour lire sur son visage qu'il espérait sincèrement qu'une telle éventualité n'eût jamais lieu ! Son interlocutrice parut satisfaite de cette proposition et, tendant au commissaire un papier sur lequel était inscrit le numéro de téléphone du fâcheux, insista même pour que son intervention fût immédiate. Pris au dépourvu, Martineau tenta bien de se défiler mais devant la mine désespérée de la veuve se résigna, se demandant bien comment il allait faire, surtout en sa présence. Elle était belle, certes, mais ce n'était pas une raison suffisante pour qu'il se laissât subjuguer par ses craintes, ses larmes peut-être... et même manipuler. Après tout, s'exécuter maintenant aurait peut-être l'avantage de régler cette affaire définitivement et de lui prouver sa bonne volonté. Et puis, il s'y était maladroitement engagé...

Il saisit donc le téléphone, forma le numéro, mit le haut-parleur, se présenta comme le policier qu'il était et l'ami qu'il n'était pas, indiqua fermement à son interlocuteur que, si ses harcèlements se manifestaient à nouveau, il serait dans l'obligation de poursuivre la plainte que cette femme ne manquerait pas de déposer contre lui. Devant le visage un peu triste de la veuve, il se fit à la fois ferme et conciliant et obtint de cet homme la promesse, « sur son honneur », qu'il se tiendrait tranquille à l'avenir. C'est donc courtoisement qu'il prit congé de ce prétendant, pas si goujat que cela et qui correspondait assez à l'impression qu'il avait eue la veille dans le restaurant.

– Eh bien, vous voyez, cela me paraît réglé. S'il se manifeste à nouveau, faites-moi demander ici. Mais cela ne me semble pas nécessaire.

Son mal de tête continuait de le faire souffrir. Lui aussi commençait à regretter son escapade de la veille.

*

Les jours suivants, il ne reçut pas de communication téléphonique de cette veuve, ce qui lui donna à penser que cet homme avait effectivement tenu sa promesse. Son coup de bluff avait fonctionné. Il en fut un peu déçu, se disant qu'il avait peut-être perdu une occasion, que cette rencontre fortuite aurait pu être le prétexte d'une passade.

« Une autre fois peut-être? » pensa-t-il, se disant qu'il se retrouverait, comme d'habitude, seul avec son chat, à se réchauffer des plats qu'il finirait par partager avec l'animal. Cette solitude lui pesait, mais il se soupçonnait intimement de s'y complaire, abandonnant au seul hasard l'occasion d'y mettre fin.

Enfin, « cela ne durera peut-être pas aussi longtemps que les Foires à Niort »[6], pensa-t-il, reprenant en cela une expression souvent employée ici. Et d'ajouter, « J'ai mon travail, après tout ! »

Justement, son travail ! Il se dit que, pour tromper ses états d'âme, une enquête serait la bienvenue. Il eut, comme parfois, l'intuition que la chance lui en donnerait l'occasion. Il eut en effet connaissance d'un fait divers, un banal accident qui ne menaçait pas de défrayer la chronique locale, ne méritait que quelques lignes dans la presse et sûrement pas des investigations policières importantes. Pourtant, ce qu'il découvrit ce matin, dans une enveloppe sur son bureau, le fit rapidement changer d'avis.

---

[6] L'expression parle d'elle-même. Elle est d'usage courant dans notre ville et tire son origine du grand nombre de foires qui existaient à Niort. En effet, cette institution remonte au Moyen-Age, tient à la vocation rurale de la cité, malgré la taille relativement restreinte de la ville et la concurrence d'autres foires, notamment celle de Saint-Maixent. Il en existait trois : celle de la Saint-André, le 30 novembre (créée par Henri II Plantagenet) – celle de la Sainte-Agathe le 5 février et celle de la Saint-Jean-Porte-Latine le 6 mai (créées par Charles VII) – Guide pratique de Niort p. 16 - Jean-Marie Auzanneau.

Vous savez ce qu'on dit ici, M. le commissaire ? lui demanda l'adjoint au Maire.

– Ici ?

– Oui, entre Pexinois nous nous connaissons depuis des générations. Sainte-Pezenne a beau faire partie de Niort, cela reste un petit village où tout le monde se connaît, la campagne quoi !

Le commissaire Yvan Martineau sentait mal ce début d'enquête. Il connaissait les ragots, les méchancetés de village et savait bien que tout ce qui avait jadis fait partie de ce petit bourg n'allait pas tarder à remonter à la surface, comme toujours !

Il savait depuis longtemps que dans ces petites localités, certes tout le monde se connaît, mais surtout tout le monde s'épie, s'observe, connaît tout de l'autre et ce qu'il ne connaît pas, il l'invente. C'est tellement plus facile ! Et à force de supposer, d'observer, de supputer, de surprendre parfois et surtout d'imaginer, de gamberger, les histoires le plus souvent fausses et même invraisemblables germent dans les esprits, s'y enracinent, s'y fixent aussi solidement qu'un arbre dans la terre et à force de se les répéter, d'y apporter chacun un détail supplémentaire, le plus souvent croustillant, parfois inattendu, une rumeur s'installe pour ne plus jamais disparaître.

Ce qu'on dit de vous vous colle à la peau, vous suit comme votre ombre… Si c'est bien, tant mieux, mais c'est rare. Le plus souvent, c'est la jalousie qui prend le dessus, quand ce n'est pas la cupidité et l'envie de faire le mal. Et alors, vous n'avez plus qu'à fuir cet endroit que vous avez aimé, où le plus souvent vous êtes né, où vous avez votre histoire et parfois quelques amis qui, pour certains, ne manqueront pas de devenir vos pires ennemis simplement parce qu'ils en savent un peu plus sur vous que les autres... et n'oublieront jamais de s'en servir !

Sainte-Pezenne est un ancien bourg excentré de Niort qui maintenant fait partie de la ville par l'opportunité d'une décision administrative[7]. Mais ce n'est pas cela qui change les mentalités. Cela a beau être « en ville », il reste encore des champs cultivés et on y voit toujours des tracteurs circuler même si les terres arables deviennent de plus en plus des terrains à bâtir, vendus comme tels par des agriculteurs partis à la retraite ou dont les enfants ne reprennent pas l'exploitation.

De nouveaux habitants viennent s'installer et des maisons bien blanches aux toits bien roses et aux pelouses bien vertes voisinent maintenant avec d'anciennes bâtisses de pierre calcaire que mange parfois le lichen, avec de la mousse qui s'accroche aux tuiles. Une patine grise les recouvre qui tranche sur ces couleurs neuves.

[7] Le 7 avril 1965.

Certaines ont été rénovées et c'est souvent bien réussi. Elles ont plus de caractère, plus d'âme que celles des lotissements qui se groupent en grappes autour de rien, avec un ridicule petit terrain où il n'y a même pas de potager, un comble à la campagne !

– Et que dit-on ici ? interrogea Martineau qui s'attendait aux pires ragots.

– Eh bien ! voyez-vous, au sortir de la guerre, je veux dire la Seconde Guerre mondiale, Léonie, une brave femme de la campagne, pas très futée mais assez bien faite et pas farouche, ma foi, aurait fait n'importe quoi pour épouser un fonctionnaire ou mieux un képi, fut-ce celui d'un facteur, pour le titre mais surtout pour la retraite.

– Vraiment ! fit Martineau perplexe, les choses ont bien changé !

– Oui, mais à l'époque c'était comme cela. Léonie épousa donc un képi, un obscur sous-lieutenant de Saint-Maixent, Robert You.

– Ce n'était pas mal quand même !

– Oui, mais ce qu'elle ne savait pas c'est qu'il avait la chance pour lui. A force de campagnes outre-mer, de séjours en Indochine, en Algérie et ailleurs, sur tous les théâtres d'opérations extérieures, il devint colonel avec un placard de décorations et le bras gauche un peu raide à cause d'une mauvaise blessure. Certains disaient que ce n'était pas une balle mais un coup de couteau reçu dans un bordel de Saïgon, mais ce n'était là que le fait des mauvaises langues.

– Oui, toujours elles, reprit Martineau.

—Oui, toujours ! Enfin. Elle eut un enfant et choisit de rester à Sainte-Pezenne au lieu de suivre son militaire de mari dans le climat humide de l'Indochine ou les dangers du Djebel. Ce n'était pas une grande voyageuse. Lui a eu de la chance. Il était un peu comme ces marins bretons qui rentraient chez eux après une campagne de « grande pêche » et qui n'avaient qu'une envie, c'était de repartir. Elle a bien vécu, la Léonie, avec l'argent que lui envoyait son mari, sans compter l'héritage d'un oncle sans descendance.

Elle qui n'était qu'une pauvre fille de la campagne, promise à rester toute sa vie « au cul des vaches » comme on dit ! Seulement, cela lui monta à la tête. Elle fit la belle, se mit à regarder de haut ses copains et copines d'école.

D'abord son sous-lieutenant de mari se révéla être un brillant officier. Il gravit rapidement les échelons de la hiérarchie militaire non seulement grâce à son courage au combat mais aussi à ses dons intellectuels. Il fut admis à l'école de guerre et devint assez vite colonel, comme je vous l'ai dit.

Il fallait la voir, la Léonie. Quand son mari eut cinq galons sur l'épaule, elle se fit appeler « La Colonelle » surtout par ceux qu'elle n'aimait pas.

Ils finirent par rénover la maison de maître dont Léonie avait hérité très tôt, et, luxe suprême pour l'époque, y firent construire une piscine. Le colonel aimait beaucoup l'exercice et s'y baignait jusque tard dans la saison. C'était un sportif, un bel homme, mais souvent absent. Sa vraie femme, c'était l'armée et il aurait voulu que son fils embrasse la carrière militaire, comme lui, mais il n'en fut rien.

– Dites-m'en davantage sur cette Léonie que vous semblez si bien connaître… et pas trop aimer !

– Oh, croyez-vous ? Je vous ai dit ce que tout le monde sait, c'est tout ! Il n'y a rien d'autre à ajouter. Elle était contente d'avoir tiré le bon numéro. Pensez, un mari officier supérieur et souvent absent, c'était inespéré. Je ne vous parle pas de son héritage.

– Voulez-vous dire qu'elle en profitait ?

– Non, Léonie était ce qu'elle était, hautaine, dédaigneuse, orgueilleuse, mais surtout intelligente. Enfin, elle avait vite compris où était son intérêt. Il y avait bien des mauvaises langues pour lui prêter des aventures sentimentales, mais franchement je crois qu'il n'en a jamais rien été. En tout cas, si cela s'est produit, personne n'en a jamais rien su. Elle connaissait bien son monde ici et savait ce qu'elle faisait. Franchement, scier la branche sur laquelle elle était assise, et fort confortablement, ce n'était pas son genre. Elle était fidèle, aimait son mari et son fils et n'aurait jamais pris le risque d'un faux pas pour perdre cette « situation » et la notabilité qui allait avec, à la suite d'un divorce. C'est que son mari avait pris ses précautions. On dit qu'il la faisait « surveiller ». Mais ce ne sont que des « on-dit ».

– Bref ! fit Yvan, comme agacé par ces ragots.

– Bref, comme vous dites. On songeait à promouvoir le colonel au grade de général de brigade et Léonie commençait déjà à se faire à son nouveau « titre » de « La générale » quand l'Afrique, où il avait choisi de servir, eut raison de son officier supérieur de mari. Il revint grièvement blessé, fut hospitalisé un temps dans les hôpitaux militaires et rentra chez lui avec une bonne pension et pas mal de regrets. Pensez, l'armée était toute sa vie et devoir être condamné à l'inaction ne lui convenait guère. Il a bien essayé de s'occuper, mais cela ne lui a guère réussi. Il repose maintenant dans le petit cimetière ancien de Sainte-Pezenne.

Elle fut une veuve attentionnée, porta le grand deuil et fleurit chaque semaine la tombe de son époux, y fit reproduire en bronze chacune de ses nombreuses décorations, garda sa maison et sa piscine qu'elle n'avait jamais aimée et se demanda bien ce qu'elle allait faire de son grand benêt de fils qui n'avait jamais rien appris à l'école et ne voulait rien faire de ses dix doigts. Il avait tenté un peu tout, agriculteur, commerçant, mais tout se solda par un échec. Sa mère avait fait un beau mariage, il était bien improbable qu'il en fît un lui aussi !

Même l'armée ne voulut pas de lui comme élève sous-officier. Il finit même par se faire réformer, au grand dam de son père.

– Le colonel a bien dû être déçu !

– Ah ça oui ! Il en fit même une déprime, lui qui voyait déjà son fils à Saint-Cyr, coiffé du shako et du casoar et l'épée au côté ! Il ne lui fut pas facile de se faire une raison. Bref, avant sa mort, et grâce à ses relations, le colonel avait réussi à le faire admettre dans une banque comme simple guichetier.

– Rien de ce qu'il espérait.

– Un travail quand même ! Enfin c'était comme cela !

– Mais comment était cet Olivier, enfin, la victime ?

– Renfermé sur lui-même, un peu comme sa mère.

Il souffrait de ne pouvoir être l'égal de son père qui s'était révélé si brillant, alors que lui...

– Il se considérait comme un raté ?

– C'est un peu cela. Enfin, il est resté célibataire tout en s'occupant de sa mère, jusqu'à la mort de celle-ci, il y a quelques années. Il a été un bon fils, l'a assistée jusqu'à son dernier souffle, refusant de la mettre en maison de retraite.

– Pour un simple employé comme lui, comment faisait-il ?

– Oh ! Le colonel avait de l'argent, il avait joué en bourse ou je ne sais quoi, il avait des immeubles qu'il louait et Olivier avait hérité de sa mère ce bon sens paysan qui rappelle qu'un sou est un sou et qu'il ne faut pas le gaspiller.

– Il ne s'est donc jamais marié ?

– Non, il est resté seul dans cette grande maison. Oh ! Ce ne sont pas les occasions qui lui auraient manqué... Mais il était timide, étouffé par sa mère et puis, avec le temps, les filles qu'il connaissait se sont mariées. Il a dû se faire une raison, s'est consacré à ce patrimoine que ses parents avaient voulu pour lui seul, cette piscine où on l'a trouvé noyé.

Ce n'est peut-être qu'un banal accident ?

– Je ne crois pas, fit Martineau.

– C'est pourtant ce qu'on a dit dans les journaux.

– Moi, je ne crois que le rapport d'autopsie. Il s'est peut-être noyé mais j'ai des informations qui sont de ce matin et qui accréditent la thèse du meurtre.

– Un meurtre, mais qui, et surtout pourquoi ?

– C'est précisément la raison de ma présence ici, M. l'adjoint.

—Mais, qu'est ce qui vous fait croire que...
—Oh ! Une lettre anonyme…

Martineau lui tendit une feuille sur laquelle on avait collé des lettres d'imprimerie d'évidence découpées dans le journal local. On y lisait qu'un certain Olivier You avait été assassiné. Le texte était laconique, sans faute et ne révélait rien de la personnalité de son auteur.

—Oui, mais c'est absurde, c'est sûrement l'œuvre d'un mauvais plaisantin, et d'ailleurs on ne lui connaissait pas d'ennemis.
—Dans ce genre d'affaire, il y a toujours des gens pour vouloir brouiller les pistes ou simplement cacher la vérité. Le facétieux de mauvais goût a toujours sa place dans notre société, singulièrement dans ce genre de circonstances. Nous n'y pouvons rien, ni vous ni moi, mais nous devons toujours prendre au sérieux ce genre de choses. Si vous le permettez, je ne vous suivrai pas sur ce terrain. Un mauvais plaisant ne pense pas forcément à tout et ce procédé, dont on a usé et abusé dans les mauvais films policiers et les romans, a ses limites. Notre « corbeau », puisqu'il faut bien l'appeler ainsi, ce qui, au passage, nous dispense, pour le moment du moins, de lui donner un sexe, a pris suffisamment de précautions pour ne laisser sur le « document » aucune empreinte digitale ni aucune trace ADN qui permettent de l'identifier. Le laboratoire est formel, les caractères sont pris dans le journal local, la colle est de la colle blanche en vente dans toutes les papeteries, le support est une banale feuille de papier

comme on en trouve dans tous les bureaux... Je sais que le procédé peut paraître archaïque, mais je n'y peux rien ! Quant à ses ennemis potentiels, permettez-moi de vous dire que nous en avons tous. Certains sont violents et se dévoilent tout de suite, d'autres, plus sournois ou plus intelligents, attendent dans l'ombre le moment propice où ils pourront frapper. Pendant ce temps leur haine enfle d'autant plus et leur acte, s'il va jusqu'à l'exécution de leur victime, sera d'autant plus subtil et parfois discret qu'ils auront attendu longtemps leur vengeance. Ce sont de loin les plus dangereux et ceux qui donnent à la police le plus de difficultés.

– Je n'avais pas connaissance de ce document.

– C'est arrivé ce matin à mon bureau. Vous savez, la condition humaine est ainsi faite. Le criminel ou parfois le témoin, lève un coin du voile, soit pour permettre la manifestation de la vérité, soit pour la détourner. Dans tous les cas c'est pour se donner de l'importance, se valoriser et cet acte est d'autant plus réfléchi, dosé, quantifié, que celui qui le pose est intelligent et conscient de ce qu'il fait.

– Alors, à votre avis ?

– Oh ! Pour l'instant je n'en sais rien, mais mon intuition me dit que cette affaire ne sera pas facile à résoudre. Si on prend la précaution de nous dire qu'Olivier You a été assassiné, je pense qu'il l'a effectivement été. Je ne sais pas pourquoi, mais je ne crois pas à la thèse de la noyade. Pour le moment, je cherche, c'est tout ! A-t-il de la famille ici ?

– Oui, des cousins. Il ne devait pas les fréquenter. Je vais essayer de les contacter. Et pour les obsèques ?

– Attendons le rapport du légiste.

– Bien, au revoir M. le Commissaire, je pense que nous ne serons pas longtemps sans nous revoir, d'ailleurs j'habite ici.

– Je le pense aussi, reprit Martineau.

Les deux hommes se serrèrent la main.

Les premières constatations du médecin légiste concluaient à une banale noyade. Olivier avait de l'eau dans les poumons. Il avait dû vouloir boire avant de se coucher, il avait pu faire quelques pas autour de sa piscine, y glisser et s'y noyer. On retrouva d'ailleurs un verre à whisky au fond du bassin ainsi qu'une bouteille maintenant pleine d'eau. Cet automne était particulièrement doux. Après tout il vivait seul, il n'y avait personne pour le secourir. Il avait pu s'éloigner du bord en se débattant, se fatiguer à nager vainement puis finir par se noyer. Il avait peut-être appelé et personne ne l'avait entendu. La mort remontait à la veille aux alentours de 22 heures. La lumière du salon était restée allumée. On n'en savait pas davantage pour le moment.

Les policiers étaient dans la maison d'Olivier You, dans son jardin autour de sa piscine en train de chercher, de relever des empreintes, d'éventuelles traces d'ADN et autres indices. Signe des temps, Martineau avait accepté cette évolution de la police. Au vrai, il n'y croyait pas trop, aimait travailler seul et se fiait bien souvent à son instinct. Il reconnaissait cependant des vertus à ces méthodes d'investigations qui accéléraient le travail et bien souvent le facilitaient, orientant les recherches dans de nouvelles directions et finalement aidaient à la manifestation de la vérité.

Il laissait faire ses collègues et se ferait une opinion au vu des rapports qui lui seraient remis. De toutes manières, il travaillerait seul, comme d'habitude.

L'autopsie avait révélé dans l'estomac la présence de codéine, la victime devait soigner une toux persistante. Le plus étonnant c'est qu'on n'avait pas retrouvé, ni dans l'armoire à pharmacie, ni ailleurs dans la maison, d'emballage de ce médicament. Il n'y avait même pas d'ordonnance. Apparemment, il n'avait pas de médecin traitant.

La piste était bien mince pour Yvan, cet accident apparemment sans témoin, cette lettre anonyme qui n'était peut-être rien d'autre que l'œuvre d'un blagueur peu inspiré, d'un jaloux peut-être, mais qu'il fallait quand même bien prendre au sérieux. C'était là une de ces enquêtes qu'il affectionnait, tout entourée de mystère et dont il aimait suivre le fil d'Ariane, à condition qu'il le trouve... et cela se présentait plutôt mal !

Le colonel devait avoir le goût des choses nettes. Si le jardin de devant était fleuri (Olivier avait dû laisser les choses dans l'état à la mort de ses deux parents), celui de derrière, où était la piscine dans laquelle le malheureux avait trouvé la mort, avait l'esthétique dépouillée des casernes. Tout était carrelé, bétonné, surtout dans les tons clairs. « Cela devait être aveuglant, surtout en plein été, à cause du soleil », se dit Yvan.

De fait, entre le mur qui séparait cette maison de celle de son voisin et la piscine, il n'y avait qu'une fine plate-bande avec une rangée de fleurs basses. Devant la maison, de l'autre côté de la piscine, quelques rosiers nains. Ailleurs, rien qu'un pavement clair. « La famille You ne devait pas avoir beaucoup de talent de jardinier », pensa Martineau.

Le mur de séparation était assez haut et le policier se promit d'aller rendre visite à ce voisin au cas où il aurait entendu quelque chose.

Il remarqua une trace de pas sur le dallage clair. C'était à peine perceptible à cause du carrelage. Cela semblait être le pied d'un adulte, d'une chaussure de ville ou d'un chausson, à cause du peu de dessin de la semelle. L'empreinte laissée était presque invisible.

Tout juste la forme vague d'un pied qui aurait marché dans la terre et aurait laissé une trace sur le pavage blanc. Sûrement celle de la victime qui avait fait un peu de jardinage dans l'après-midi, les plates-bandes près du mur semblaient avoir été retournées et les mauvaises herbes arrachées... L'examen de la poubelle le confirma.

*

Il sortit de la maison par le petit « jardin de devant » comme disent les Anglais. Celui-ci comportait encore quelques fleurs et quelques buissons à feuilles persistantes qui assombrissaient un peu les pièces de la façade. Quand il se trouva sur la rue, son regard fut attiré vers la maison d'en face dont le rideau d'une fenêtre se rabattit tout à coup comme pour éviter qu'on ne s'aperçoive que quelqu'un épiait. Yvan fit comme s'il n'avait rien vu mais se promit de surprendre et peut-être de faire parler le curieux, ou plus vraisemblablement la curieuse, qui habitait là. Ce serait pour bientôt. Rien ne pressait, l'enquête ne faisait que commencer et les premières constatations concluaient à un accident par noyade, trop banal à son goût. Et puis il y avait cette lettre anonyme qui allait, il n'en doutait pas, donner un tour nouveau à ce banal fait divers. Qu'un vieux célibataire solitaire se noie dans sa piscine un soir d'automne, cela pourrait paraître anodin, mais qu'on prenne la peine de lui envoyer, à son bureau, une lettre dénonçant un meurtre, c'en était trop pour qu'il s'en tienne aux premières constatations !

Pour le moment, Martineau ne savait pas trop quoi faire. Officiellement ce n'était qu'un accident que la police vérifiait et dont la presse locale ne se mêlerait sans doute pas trop. La politique internationale, les cours de la bourse, l'économie mondiale, les difficultés locales liées à l'emploi et peut-être la défaite annoncée des Chamois niortais se chargeraient bien de détourner l'opinion. Tout cela avait des chances de rester, officiellement du moins, un banal accident domestique. Comme à son habitude, il enquêterait dans l'ombre, seul pour ne pas trop éveiller les ragots.

L'idée lui vint d'aller dans le petit cimetière de Sainte-Pezenne. Il était évident qu'il jouxtait l'église dont il voyait le clocher. Quant à la tombe, il finirait bien par la trouver.

Les rues étaient désertes en ce jour de semaine. Il faisait doux mais l'air était humide. On allait vers l'hiver, sous le pâle soleil et parfois les averses mais le froid ne s'était pas encore durablement installé. Ce serait pour plus tard. Yvan commençait à bien connaître cette région qu'il avait fini par adopter.

Il ne s'était pas trompé. Un petit cimetière existait bien dans l'ombre du clocher. Il avait été agrandi et, conformément aux indications de l'adjoint au Maire, il choisit la partie ancienne. Il interrogea une vieille femme sur l'emplacement de la sépulture de la famille You. Elle ne semblait pas au courant de ce qui s'était passé pour Olivier et indiqua au commissaire une tombe en granit rose, abondamment fleurie. Le fils s'occupait effectivement de la mémoire de ses parents. Il y avait seulement deux noms, celui du colonel d'abord, avec la reproduction de ses décorations, des plaques commémoratives militaires, puis celui de Léonie You. Bientôt viendrait s'ajouter celui d'Olivier.

*

Martineau n'oubliait jamais son passé religieux et recherchait, par réflexe, la compagnie des ecclésiastiques. Il savait ce qu'était le secret de la confession auquel sont tenus les prêtres, mais c'était plus fort que lui, il fallait qu'il ait une conversation avec eux quand il était sur une affaire. Certes, la pratique religieuse était de moins en moins suivie et les vocations se faisaient rares, mais quand même.

Il se dirigea donc vers la petite église. Il la trouva fermée. Il sonna à la porte d'une maison voisine qu'il supposait être la cure, mais une voix un peu vieille, sur le pas de la porte, lui indiqua qu'il était chez un particulier, qu'il n'y avait plus de curé depuis bien longtemps, que l'édifice servait de temps en temps pour certains offices, que le secteur paroissial était à Niort... Il ne put en savoir davantage et la porte se ferma. Il connaissait les gens de la campagne, méfiants, farouches... Cela commençait mal !

*

Yvan parcourut lentement les allées du petit cimetière. Des tombes semblaient abandonnées depuis bien des années, sans fleurs, la pierre mangée par le lichen qui effaçait jusqu'aux noms des défunts. Le policier pensa qu'un mort ne l'est jamais autant que lorsqu'on ne pense plus à lui et, ici comme ailleurs, reposaient des gens dont les membres de la parentèle avaient disparu depuis longtemps. Olivier You, lui, avait peut-être de la famille ou des amis qui fleuriraient sa tombe pendant quelque temps.

Pour Yvan, ses dispositions étaient déjà prises. Il n'avait plus de famille depuis la mort de ses parents et depuis son divorce, il y a de cela plusieurs dizaines d'années. Il avait erré sur le territoire national à la recherche d'un hypothétique équilibre que son mariage, qui n'avait duré que quelques mois et qui n'avait même pas donné naissance à un enfant, avait durablement affecté. A la suite de vacances hasardeuses[8], il était venu dans la région niortaise, à cause sans doute de la luminosité, de l'agréable et placide caractère des gens, des méandres de la Sèvre ou de je ne sais quoi. Il s'était établi ici avec un chat et sa vieille 4 L. Il aimait ce genre de voiture et n'avait jamais possédé que cette marque. Par un miracle qu'il ne s'expliquait pas, quand son véhicule expirait, il en trouvait toujours un autre, une bonne occasion, qui lui permettait de s'imaginer qu'il n'avait pas quitté la précé-

---

[8] Voir « La légende du marais »

dente et qu'il ne changeait jamais de voiture. Quant au chat, il avait avec lui des conversations silencieuses et, mises à part ses escapades nocturnes, il revenait toujours ronronner sur ses genoux, surtout quand la faim se faisait sentir.

Il avait choisi, dans la ville de Niort, une petite maison dont la façade cachait un jardin où l'animal chassait les mulots et les oiseaux… Le quartier était tranquille, il vivait seul en attendant cette retraite qu'il redoutait tout en la désirant. Il resterait sûrement ici ou peut-être reprendrait-il ses pérégrinations qui lui avaient coûté sa carrière. « Nous ne sommes que de passage sur terre », se répétait-il et il pensa que cette remarque était de circonstance dans ce petit cimetière qui dominait la vallée de la Sèvre niortaise et au-delà la ville de Niort qu'elle enveloppait, en ce matin automnal, d'un halo de brume.

Son pas crissa sur les graviers. Une vieille femme le salua. Elle venait de fleurir une tombe, sans doute celle de son époux. Martineau pensa que ce lieu de recueillement unissait profondément les êtres qui le fréquentaient simplement parce qu'ils avaient fait leur acte de mémoire par une prière ou un bouquet pour dire qu'ils n'avaient pas oublié. Cela devait créer des liens ténus et fugaces qu'un seul signe de tête pouvait matérialiser.

Il lui rendit son salut mais elle n'était déjà plus qu'un fantôme noir qui se dirigeait vers la sortie. La petite porte métallique grinça quand il se retourna.

Martineau pensa à tous ces gens qui reposaient ici et à la condition humaine en général. Oui, nous ne sommes ici qu'en transit et lui n'avait plus de famille. Ses biens seraient vendus et les sommes iraient à la fondation des orphelins de la police. Tout cela était très bien. Peut-être choisirait-il de reposer ici, dans l'anonymat de ce cimetière, ou ferait-il disperser ses cendres au bord de la Lhysse ?[9] Après tout, on devait y être bien, dans cette éternité et dans ce néant. Il en sourit.

Pour le moment, il avait cette enquête qu'il avait choisi de mener, pour se prouver sans doute qu'il existait ou pour tromper un ennui qui, de plus en plus, mangeait sa vie. Cette lettre n'était peut-être qu'une mauvaise plaisanterie après un banal accident domestique, comme on dit.

*

En sortant du cimetière, il regarda une dernière fois la perspective de ce lieu silencieux. La Sèvre qu'on devinait en contrebas parmi les arbres exhalait une brume fraîche que commençaient à dissiper les rayons du soleil. « Oui vraiment, pour une dernière demeure, ce serait sans doute bien ! » se dit-il.

---

[9] Comme mon lecteur ne peut l'ignorer, Yvan Martineau a passé son enfance à Saint-Nicolas-sur-la- Lhysse. De cette période il garde un souvenir ému et revient parfois dans cette commune, mais les gens là-bas y meurent aussi et, petit à petit, il n'y connaît plus personne.

Il croisa un homme de grande taille, qui avec ses grosses lunettes et ses cheveux gris lui parut sympathique. D'instinct, il s'adressa à lui, comme s'il était celui qui possédait les clés de l'église.

– Vous tombez bien. Si vous voulez attendre un instant, je reviens. Je vais vous ouvrir, je n'habite pas loin.

– Je ne voudrais pas vous déranger, mais cela m'intéresserait.

– Oh ! Vous savez, cela ne me dérange pas, je suis en retraite et j'ai fait quelques recherches historiques, et puis ceux qui s'intéressent à notre église et à notre sainte sont si peu nombreux.

– A votre sainte ?

– Eh Bien oui, Sainte Pezenne ! Il est vrai qu'elle n'apparaît guère dans le calendrier et que bien peu de jeunes filles sont baptisées de ce prénom.

– En effet, dit Yvan. Je vous attends.

L'homme s'éloigna à grands pas vers le centre du village. Martineau eut la curiosité de se diriger vers l'entrée de l'édifice au fond d'une petite impasse sans nom où devaient pousser l'été quelques roses trémières et qu'une municipalité sans grande imagination eût pu baptiser « Rue de l'église ».

Hormis l'entrée, modeste, voûtée en plein cintre et à peine décorée de quelques colonnes dont deux étaient torsadées, elle ne présentait aucune particularité architecturale. Contrairement à la plupart des églises de la région qui servaient aux pèlerins se rendant par un chemin secondaire à Saint-Jacques de Compostelle, il n'y avait pas de tympan évoquant les tourments de l'enfer ou des scènes de l'Évangile dont le Moyen-Age était friand. Rien que des pierres lisses parfois mangées par les eaux de ruissellement, avec seulement deux rangées de modillons. Pas même l'effigie de cette fameuse sainte. On distinguait dans le mur des trous qui avaient servi à soutenir les échafaudages pour monter les murs. Un méchant cadran indiquait l'heure, une girouette en forme de coq évoquait, comme partout, le reniement de saint Pierre. Rien d'extraordinaire en somme, sauf peut-être la forme un peu massive du clocher !

Le commissaire retourna vers le cimetière où l'homme lui avait donné rendez-vous. Il s'avançait maintenant vers lui avec un large sourire. Dans ses mains tintait un trousseau de vieilles clés et il tenait un petit livret relié où Yvan reconnut la façade en couleurs de l'église. Il le lui tendit.

– Tenez, je ne serai peut-être pas un bon guide alors, je vous offre cela.
– Merci, mais pourquoi ?
– Oh ! Comme je vous l'ai dit, j'ai fait quelques travaux de recherche sur le village et l'église. Je les ai consignés dans ce petit livret.
– Merci, fit le policier.

Yvan ne connaissait pas vraiment ce faubourg de Niort. Il venait cependant parfois du côté de la rue d'Antes, pour admirer cet ancien petit village devenu un quartier qui, en haut du coteau, sur l'autre rive de la Sèvre, semblait serti dans la verdure. De là, le clocher avait quelque chose de pittoresque ! Il poussait parfois sa promenade sur les bords du fleuve, traversait la passerelle pour quelques pas sur le chemin qui le bordait, ombragé d'arbres et baigné de silence. Il était un promeneur comme les autres qui suivait le cours de la Sèvre jusqu'au-delà du pont de Surimeau. Il était toujours solitaire.

Ils se dirigèrent vers une porte qui donnait derrière l'édifice.

– Vous n'avez pas peur ?
– Peur de quoi ?
– Eh bien, qu'on force la porte !
– Cela pourrait arriver, mais sainte Pezenne nous a protégés, enfin jusqu'à présent, et puis il n'y a rien à voler.
– J'espère ne pas être de mauvais augure.
– Oh ! Pourquoi ? Pour une fois qu'un visiteur s'intéresse à notre petite église !
– C'est vrai !

Pendant ce temps la grosse clé avait tourné dans la serrure. L'arrière-salle que l'homme alluma révéla une pièce qui sentait le remugle. D'évidence elle ne servait pas souvent. Elle possédait un grand buffet bas peint en gris qui devait contenir quelques objets du culte.

– Tiens, puisque nous parlions de protection, je vais vous faire voir quelque chose.

Il sortit une châsse dorée et vitrée, avec quelques pierres de couleur, sans doute précieuses.

– C'est la relique de sainte Pezenne qu'on honorait auparavant. On la connaît également sous le nom de Pexine. C'est ce qui a donné leur nom aux habitants de ce village, les Pexinois.

L'homme était à son affaire et profitait un peu de l'intérêt d'Yvan pour son exposé.

– D'après la légende, ou peut-être l'histoire, Macrine et sa sœur Colombe vivaient saintement. Vint à leur côté une autre vierge nommée Pexine ou Pezenne. Cette dernière, originaire d'Espagne, avait fui jusqu'en Poitou, poursuivie par un seigneur barbare, Olivier, qui en voulait à sa beauté et surtout à sa vertu. Elles se seraient réfugiées dans une grotte pour échapper à leurs poursuivants. L'histoire dit même que quatre édits de l'empereur Dioclétien dès 303 et 304, et qui avaient pour but de détruire le christianisme, avaient provoqué la fuite du sud vers le nord des moines et moniales. Les persécutions qui eurent lieu au VIII° siècle auraient amené ces trois vierges en Poitou.[10]

Leur échappée les conduisit près de Niort où Colombe comparut devant Olivier pour permettre à ses sœurs de lui échapper. Épuisée, Pezenne mourut et fut ensevelie au village de « Tauriacus » qui devint

[10] Précisions apportées dans « *L'église Sainte-Pezenne de Niort* ».

plus tard Saint Pezenne.[11] Pendant la cérémonie d'enterrement un garde d'Olivier réussit à approcher Macrine, mais au moment de se saisir d'elle fut touché par la grâce et se convertit au christianisme.[12]

Macrine poursuivit sa fuite vers le Marais où on la vénère encore aujourd'hui.

D'ailleurs, on n'est sûr de rien, c'est comme cela avec les légendes. Une chronique atteste qu'aux IX° et X° siècles, les Normands avaient, depuis la mer, remonté plusieurs fois la Sèvre, jusqu'à Saint-Maixent, pillant tout sur leur passage. Pezenne, jeune moniale de la région saintongeaise, s'arrêta, épuisée, sur les coteaux en amont de Niort. A sa mort, le village fut baptisé de son nom.[13]

Le corps de la sainte avait reposé dans une crypte maintenant murée. L'église primitive qu'on y construisit s'élevait sur un ancien sanctuaire dédié à un dieu scandinave, Thor, adoré par des troupes auxiliaires des légions romaines. Au Moyen-Age, de nombreuses guérisons miraculeuses eurent lieu, puis, plus rien. Au

---

[11] L'histoire situe ce fait aux alentours de l'an 727 à moins que ce ne soit dès 303. Toujours est-il que les origines de sainte Pezenne sont lointaines et quelque peu légendaires. Ainsi, cette jeune fille, dont le nom semble venir de Perseveranda, serait morte d'épuisement dans le village de Tauriacus, devenu Thorigné qui prendra par la suite le nom de Sainte-Pezenne. Ce village s'est appelé successivement Sancta-Peccina [1260], Sainte-Pessine [1318], Sainte-Pazanne [1558] et Sainte-Pezaine[1788]

[12] D'après la légende, Pezenne aurait fait jaillir une source alors qu'elle était poursuivie par un berger païen qui, devant ce prodige, s'arrêta et se convertit. C'était Rémy, qui se fit ermite dans la vallée de la Sèvre et qui laissa son nom à une commune voisine [Mythologie des Deux-Sèvres - Guy Pillard p. 186]

[13] Cette version est rapportée par Maurice Béguin - « Notes sur Sainte Pezenne » p. 5.

début du XX° siècle des fouilles révélèrent un tombeau vide.[14] Dès lors des érudits se consacrèrent à la recherche du corps de la sainte. Ce fut un véritable roman policier.

– Ah bon ! fit Martineau intéressé par ce rebondissement dans le récit.

– On pense en effet que les reliques ont été offertes à Raoul de Vermandois par Aliénor d'Aquitaine en 1147 ou en 1101 à Hugues de Vermandois par Guillaume le Jeune d'Aquitaine et ont été conduites jusqu'à Saint-Quentin. La prise et le pillage de la ville par Philippe II d'Espagne en 1557 entraînèrent leur disparition. On pense cependant qu'elles furent offertes à la sœur du roi, « Marie », Impératrice d'Allemagne qui, en mourant, les légua à son pays d'origine. Elles ne réapparurent, si l'on peut dire, qu'à la chapelle de l'Escorial près de Madrid. A partir de 1950, les tractations pour les récupérer furent longues, difficiles et ponctuées de refus de la part des autorités. Il ne fallut pas moins que les interventions du curé de la paroisse, des supérieurs Montfortains à Madrid, de la bienveillance de Franco et de l'appui du Nonce apostolique pour influencer la décision. L'issue de la négociation demeura bien longtemps incertaine et ce ne fut qu'en janvier 1955 que le curé de la paroisse, le père Morice, reçut, par l'intermédiaire de la nonciature, l'assurance que les restes de la sainte réintégreraient leur place

---

[14] Selon une Chronique publiée à Saint-Maixent par Marchegay, la fréquentation de ce lieu était importante et suivait « l'invention » du corps de la sainte dès 1098. Cet événement est également mentionné dans « La Chronique de Maillezay ». Mais rien ne confirme la date exacte. Toujours est-il que le corps de sainte Pezenne aurait reposé dans la crypte de l'église, aujourd'hui murée.

primitive. Les autorités supérieures de l'Escorial finirent par se résigner, non au transfert complet des reliques, mais d'une petite partie de celles-ci seulement puisqu'on limita cela à un doigt.[15]

Il était contenu dans la châsse qu'il avait sous les yeux.[16]

– A part la relique, il y a beaucoup de légendes dans cette histoire, fit Martineau.

– Oui, mais des légendes, ici, il y en a. Tenez, les coteaux de Sainte-Pezenne sont bien exposés et pleins de grottes. Il y a celle dite « de Brégrolles », où la sainte se serait réfugiée pour mourir, celle du coteau de l'Hommetrou où aurait vécu un ermite ou encore celle où se serait réfugiée une jeune vierge qui, au XIV° siècle, s'était fiancée au fils du seigneur de Surimeau. Comme celui-ci ne voulait pas consentir au mariage, la jeune fille devint folle et alla mourir près du lieu de

---

[15] « En tant que Père Prieur du monastère de l'Escorial, je certifie que sur la demande de l'excellentissime et Révérendissime Monseigneur le nonce de sa Sainteté et en tenant compte de l'autorisation du conseil de direction du monastère sus-nommé, j'ai séparé un morceau de la relique de sainte Pezenne consistant en la phalange d'un doigt conservée dans le reliquaire de l'autel de l'annonciation de cette basilique. J'ai remis ce petit morceau de phalange le 21 décembre de l'année courante dans la matinée, dans une petite boîte enveloppée de coton à son Excellentissime et Révérendissime le Nonce de la Sainteté. Au moment de la remise j'étais accompagné de M. l'Administrateur de la direction de Saint-Lorenzo de l'Escorial. Ce que j'ai fait constater, signer et estampiller pour les effets consécutifs. » Monastère Royal de l'Escorial, le 23 décembre 1954 - Le Prieur.
La relique fut remise à l'abbé Morice, curé de Sainte-Pezenne, le 11 février 1955 par le Légat.

[16] Une partie de cette relique fut cédée à la commune de Sainte-Pazanne en Loire Atlantique.

leurs rendez-vous, la fontaine qu'on a nommée « La fontaine des amourettes ».

– Et j'imagine que cette sainte fit des miracles.

– Oui, évidemment, encore que, comme toujours, on n'est sûr de rien. Ainsi l'histoire de M. de l'Hommetrou,[17] paralytique et alité depuis trois ans. Nous étions en 1589, Niort était alors aux mains des protestants. Quand il entendit le bruit des tambours et des pétards, « *Il oublia son état et sauta de son lit pour s'en aller mourir avec ses combourgeois. Il [vécut] douze ans en parfaite santé* », nous dit d'Aubigné dans ses mémoires.[18]

Il s'ensuivit une visite rapide du petit édifice religieux auquel différents siècles avaient apporté leur contribution, d'ailleurs pas très heureuse.

– A l'origine, le lieu n'était qu'un modeste oratoire dédié à Sainte Pezenne, à cause du rayonnement de la sainte. Il fut remplacé par cette église bâtie au XII° siècle par les Templiers, enfin selon la tradition! Au XIII° siècle, ils possédaient également une commanderie qui a disparu lors de la dissolution de l'ordre en 1312.[19] Ils ont cependant continué à posséder des droits sur la paroisse qu'ils venaient percevoir à la porte de l'église.

---

[17] Les textes parlent également, pour le même épisode et les mêmes faits, de Louis de Larivière.

[18] Rapporté par Maurice Béguin « Notes sur Sainte Pezenne » p.7.

[19] «Au Moyen-Age, il y avait à Sainte-Pezenne un hospice des Templiers qui disparut après la condamnation de l'Ordre. Les chevaliers de Malte puis les évêques de Poitiers hériteront de leurs biens », note Don Fonteneau en 1774 [Précisions apportées par Marie-Louise Fracard – Actes du 99° Congrès national des Sociétés Savantes]

C'est donc un monument roman à l'origine, même si des apports postérieurs peuvent être observés, comme c'est souvent le cas dans les édifices du culte.[20] Elle a été l'église paroissiale des catholiques de Niort lorsque que la ville fut administrée par les protestants de 1589 à 1602.[21]

L'homme rangea le reliquaire et Yvan espéra que la sainte l'aiderait peut-être dans son enquête. Après tout, ce village était un lieu de miracles.

Sur le coin du buffet, l'homme, tout heureux de l'intérêt que cet inconnu manifestait pour sa petite église, lui nota son nom et son numéro de téléphone, si d'aventure il désirait en savoir davantage.

– Il me faut aussi vous dire que le hameau de Sainte-Pezenne appartint à Charles d'Aubigné, baron de Surimeau, frère de Mme de Maintenon et donc petit fils du poète Agrippa d'Aubigné.[22] En 1730 l'évêque de Poitiers avait encore sa chambre à Sainte-Pezenne où il exerçait une juridiction temporelle. En effet, une bulle de Jean XXII précisa, au début du XIV° siècle, que le domaine de Sainte-Pezenne faisait partie, de toute antiquité, de l'évêché de Poitiers.[23]

---

[20] La nef a été refaite au XV° siècle à la suite de la démolition partielle de l'église. Aujourd'hui , il ne reste de roman que le clocher et le chœur.

[21] Renseignement donné dans l'article intitulé « L'église de Sainte-Pezenne de Niort ».

[22] Charles d'Aubigné [1624-1703], baron de Surimeau, et frère de Mme de Maintenon, était un personnage hâbleur et coureur de jupons.

[23] Détail précisé dans le document édité par le Comité d'animation pexinois et confirmé dans « L'église de Sainte-Pezenne à Niort ».

On raconte même que Jérôme Bonaparte, ex-roi de Wesphalie, se cacha à Sainte-Pezenne après la chute de l'Empire et le départ de Napoléon pour Sainte-Hélène. Il y vécut incognito pendant un mois dans une maison dominant la vallée de la Sèvre « *d'où on apercevait le donjon et les clochers de Niort* », mais, reconnu, il dut quitter les lieux. Cela, c'est pour l'histoire.[24]

Le peintre paysagiste Combe-Velluet qui représenta si bien Niort et les environs, le dessinateur Charpentier qui, en 1826, fut notamment l'auteur de lithographies de costumes régionaux, ainsi qu'Antoine Baugier, également dessinateur, habitèrent à Sainte-Pezenne. Claire Sainte-Soline, fille d'un maire de Niort et professeur de physique dans cette même ville, y situe en partie son roman, « Irène Maurepas», paru en 1942.[25]

Quant à l'église, elle ne sert plus guère que quelques dimanches par an. Nous sommes maintenant dans un secteur paroissial. On y dit parfois des messes ou on vient y prier. Peu de gens veulent s'y marier. Il n'y a guère que les vieux du village qui la choisissent pour le service funèbre.

---

[24] Une autre version de la même histoire veut qu'il loua cette maison sous le nom de M. Bertrand, négociant en vins et eaux-de-vie, par l'intermédiaire du banquier Auguste Bernard-Chambinière auquel il ne révéla son identité qu'au moment de son départ. Avant de quitter les Deux-Sèvres, il fit une halte brève à Gournay, chez le Baron Aymé de la Chevrelière. [Document édité par le Comité d'Animation pexinois].

[25] « Irène Maurepas » Presses universitaires de France. 1942. par Nelly Fouillet dite Claire Sainte-Soline[Melleran 1891- Paris 1967]

— Eh bien, je vous remercie pour vos explications. Nous nous reverrons peut-être, dit Martineau qui pensa effectivement que l'édifice serait rouvert pour les obsèques d'Olivier You.

Il revint vers la maison du colonel où maintenant il ne subsistait plus qu'un planton qui gardait les lieux. Machinalement, il posa le document sur le siège arrière de la 4 L en pensant qu'il le lirait un de ces jours et en tout cas quand cette enquête serait terminée.

Il serait, dans les prochains jours, en possession des différents rapports dont celui de l'autopsie. Comme toujours il tenterait de se faire une idée ! Après tout, ce n'était peut-être qu'un banal accident, et cette histoire de lettre anonyme, le fait d'un mauvais plaisantin !

De retour à son bureau, il rencontra le juge d'instruction à qui, le matin même, il avait montré la lettre anonyme et qui lui avait demandé d'ouvrir une enquête. Ils échangèrent quelques mots. Tout cela n'était pas clair, sentait la vengeance, pire peut-être ?

Effectivement le rapport du médecin légiste concluait à une banale noyade. Il y avait bien de l'alcool dans le sang, les poumons pleins d'eau et des traces de codéine. Il n'avait décelé aucune marque de lutte ni de coups sur le corps. Il avait sans doute bu un peu trop, la bouteille de whisky qu'il identifia en connaisseur comme une grande marque écossaise, était complètement vide. Après l'avoir soulagée de son contenu, ce soir-là, il avait dû sortir, probablement en titubant, avait glissé, perdu l'équilibre, était tombé dans la piscine et s'y était noyé. Il avait peut-être lutté et appelé, mais personne n'avait entendu.

Dans la maison, les policiers avaient relevé des traces ADN et empreintes digitales étrangères. Pourtant, Olivier vivait seul et ne tolérait même pas une femme de ménage chez lui. Il se chargeait tant bien que mal de nettoyer. Il était devenu, sans s'en apercevoir, un vieux garçon solitaire. Avoir été trop couvé par sa mère n'avait rien arrangé, surtout côté femme. Restait à savoir à qui appartenaient ces empreintes. Ce ne serait guère facile. Les policiers avaient interrogé les voisins. Ils n'avaient avec lui aucun contact. Il ne leur parlait pas. Olivier You venait d'avoir cinquante ans mais personne n'en avait rien su. A part son travail, ses courses et l'entretien de la tombe de ses parents, il ne sortait guère de chez lui. Il avait des cousins qu'il ne rencontrait jamais et pas d'amis.

Ses collègues de travail avaient vainement tenté de l'entraîner, à plusieurs reprises, dans des sorties au restaurant pour fêter un anniversaire ou une promotion mais, bourru, il refusait toujours. Il passait pour un misanthrope et entretenait à l'envi cette caractéristique, au vrai une sorte de carapace sous laquelle il se protégeait des autres, trop timide pour les affronter, trop indépendant pour s'émanciper, trop vieux dorénavant pour changer de vie. C'était ses collègues qui, ne le voyant pas prendre son service ponctuellement comme chaque matin, avaient donné l'alerte.

*

Yvan s'était promené dans toute la maison, ne sachant trop ce qu'il cherchait, au cas où un détail se révélerait à lui, dans le secret espoir que cette sainte Pezenne, dont il avait aperçu le doigt enveloppé et religieusement déposé sur un cousin de velours rouge, lui désignerait quelque chose d'improbable. Elle avait déjà fait des miracles, il y avait longtemps, alors, pourquoi pas maintenant ? Ses années de catéchisme militant, ses innombrables messes servies dans la froidure d'une petite église de campagne et ses fréquentes communions, à jeun depuis la veille, méritaient bien cette petite attention à son égard !

Au vrai c'était une folie pour cet homme qui avait failli être prêtre, avait renoncé avant d'entrer au séminaire et était devenu un vulgaire mécréant ! Il ne passait plus devant une église sans l'éviter et quand il y entrait, c'était souvent l'été pour y chercher la fraîcheur ou parfois, au cours d'une enquête, pour y rencontrer le curé et dans l'impossible espoir d'un renseignement, d'une confidence, malgré le secret de la confession. Il savait qu'aucun ecclésiastique, dépositaire de ce sacro-saint pouvoir d'absolution, n'accepterait de livrer la moindre confidence de confessionnal, mais il espérait toujours qu'un prêtre le mettrait sur la voie.

Il avait gardé en lui, de ces années d'instruction religieuse cette sorte de magie, à laquelle pourtant il ne croyait plus, de la religion, de ses rites, de ses dogmes et de ses mystères. Il avait beau ne pas croire aux miracles, il espérait toujours qu'une de ses enquêtes pourrait en bénéficier. C'est vrai aussi qu'il avait parfois de la chance et que la vérité se révélait à lui au moment où il s'y attendait le moins.

Le commissaire put vérifier les termes des différents rapports qui lui avaient été remis. Olivier You classait ses factures et ses affaires avec la rigueur d'un archiviste. Il retrouva des cartons scrupuleusement répertoriés par année et par catégorie. Apparemment il avait hérité de son père ordre et méthode dans la tenue de ses documents personnels. Ils n'avaient pourtant rien révélé d'intéressant.

La presse locale s'était fait l'écho de la disparition tragique d'Olivier You. On y mentionnait l'accident tout en laissant entendre que la police menait une enquête discrète, de routine sans doute ? C'était surtout une manière de faire se délier les langues, à moins bien sûr que cela n'ait l'effet contraire.

Au début, les voisins s'arrêtaient devant la maison comme s'ils allaient y apercevoir ce pauvre Olivier. Drôle de réflexe ! Martineau les avait interrogés les uns après les autres. Ils n'avaient rien su dire. Non seulement ils ne le connaissaient pas mais il n'y avait jamais de bruit chez lui. Il menait une existence solitaire, silencieuse et puis, la nuit tombant vite, ils n'avaient, ce soir-là, guère eu l'envie de se promener dans les rues. D'ailleurs, sa propriété était close de hauts murs pour être tranquille. Ils ne pouvaient en dire davantage. C'était bien peu et Yvan se prit à douter de la réalité de sa remarque qu'il prenait pour une vérité selon laquelle, dans ces petites bourgades, chacun s'épie.

Il avait également interrogé les cousins. Tous avaient été unanimes : ils ne connaissaient pas la famille You, surtout à cause de l'attitude orgueilleuse et méprisante de Léonie qu'ils n'avaient jamais réussi à appeler « La Colonelle ».

*

Il n'avait peut-être pas d'ennemis, mais assurément pas d'amis. Vieux célibataire, on moquait sa tenue au bureau, ce qui l'avait fait passer du guichet, où pourtant il donnait satisfaction, au service des archives. Ses pantalons trop courts et hors d'âge, ses chemises souvent sales et sa mauvaise haleine avaient aidé à cette décision qu'il avait mal vécue. Peu importait après tout, la promotion était quelque chose qui lui avait toujours été interdite. Pour cela il fallait partir loin de Niort, ce que n'aurait jamais accepté sa mère de son vivant. Il était donc resté comme employé subalterne, qui plus est rétrogradé dans ses fonctions. C'est ce que confirma à Yvan le directeur de la banque où You était employé.

On ne l'aimait guère et lui le rendait bien à ses collègues. Aux archives il ne gênait personne et avait même semblé s'accommoder plutôt bien de sa nouvelle mission.

– C'était ni plus ni moins qu'une mise au placard ! fit remarquer Yvan

– Si vous voulez, mais cela correspondait à son caractère, renfermé, peu sympathique, peu communicatif…

– C'est tout, poursuivit Martineau.

– Il avait une certaine tendance à boire, ce qui nuisait à l'image de notre établissement et qui a fortement contribué à le reléguer aux archives où il n'avait pas de contact avec la clientèle.

– Et cela l'a-t-il affecté ?

—Apparemment non, il a accepté puisqu'il restait ici, mais je crois qu'il a continué de plus belle à s'adonner à la boisson. C'est malheureux, il avait pourtant acquis un savoir-faire dans ses fonctions antérieures, mais il nous était impossible de le laisser au guichet. Je crois que, pourvu qu'il reste à Niort, dans notre établissement, il était prêt à tout accepter jusqu'à la retraite… C'est-à-dire dans quelques années quand même. Avec lui nous avons plutôt fait du « social », comme on dit. D'ailleurs, nous l'avions engagé sur recommandation, il y a bien des années.

—Je vois, fit Martineau. Et il habitait toujours Sainte-Pezenne. C'était une grande maison pour lui tout seul.

—Oui, il avait parlé de vendre, surtout après la mort de sa mère. C'était bien grand et cette piscine dont il ne se servait jamais et qu'il se contentait d'entretenir en souvenir de son père. Des collègues lui en avaient offert un prix raisonnable, à plusieurs reprises, il avait même trouvé une maison plus petite et plus modeste, en rapport avec ses moyens, mais il avait toujours refusé, au dernier moment, sans qu'on sache vraiment pourquoi. Tout cela a fini par se calmer et il a abandonné ses projets immobiliers. Je ne saurais vous en dire davantage.

Martineau prit congé.

Restaient les mystérieuses empreintes digitales qui avaient été relevées. Il y en avait même apparemment de plusieurs personnes. Certaines étaient nettes et d'autres beaucoup moins. Pour quelqu'un qui ne voisinait pas et qui ne recevait pas non plus, c'était plutôt troublant. Il y en avait dans la cuisine, dans le petit salon. D'évidence la victime avait reçu de la visite le soir de sa mort puisqu'une tasse et une cuillère, soigneusement lavées et mises à égoutter, étaient restées sur l'évier, comme si on avait voulu les laisser en évidence pour signifier quelque chose, ou égarer les enquêteurs sur une fausse piste...

Lui se servait plutôt d'une bouteille de whisky qu'on avait d'ailleurs retrouvée au fond de la piscine.

L'examen de son armoire à pharmacie n'avait rien révélé de significatif. Il semblait ne pas prendre régulièrement de médicaments.

Il était hors de question pour Yvan de relever les empreintes de tout Sainte-Pezenne. Et d'ailleurs cela n'aurait sûrement servi à rien. Il restait au policier à attendre sa chance, à prier peut-être pour que la petite sainte lui désigne de son doigt maintenant enfermé dans un reliquaire, le véritable coupable. C'était beaucoup demander au hasard et à un improbable Dieu en Qui il ne croyait plus et qu'il avait choisi de quitter en cours de route. Prier Sainte-Pezenne dont la documentation qui lui avait été remise lui révélait les origines espagnoles aurait été une bonne chose, lui qui aimait tant l'Espagne. Mais c'était là des méthodes pas très catholiques et qui étaient peu en rapport avec des investigations policières sérieuses.

Il reçut une nouvelle lettre anonyme, très semblable à la première, toujours à son bureau, comme pour lui signifier qu'il s'agissait bien d'un meurtre et qu'il ne fallait laisser cette affaire à aucun prix. Elle ne comportait pas d'empreintes.

Il se rendit donc, de nouveau, dans cette maison, histoire de voir si quelque chose lui aurait échappé. Quand il descendit de sa vieille 4 L son regard se porta sur la maison d'en face dont le rideau de referma, comme la première fois. Après tout, il y avait sans doute des informations à glaner de ce côté-là.

Il sonna donc. Une vieille femme vint lui ouvrir, traînant les pieds et poussant devant elle un chat qui en profita pour se faufiler dans la rue. Il sortit sa carte de policier et la vieille dame l'invita à entrer à cause de l'humidité et du froid, tout en pestant contre la pauvre bête qui en avait profité pour lui échapper.

—Ne vous inquiétez pas, un chat revient toujours chez lui.

« *Ils prennent en songeant les nobles attitudes*
Des grands sphinx allongés au fond des solitudes,
qui semblent s'endormir dans un rêve sans fin »[26]

---

[26] Charles Baudelaire « Les chats » - *Les fleurs du mal.*

– Pardon, vous disiez quelque chose ?

– Non, enfin, oui, c'est à propos des chats, c'est de Baudelaire.

– Connais pas, un de vos amis peut-être ?

– Si vous voulez, enfin cela m'est revenu à la mémoire à cause de votre chat.

– Je n'ai pas bien compris ce que vous avez dit après, enfin à propos des chats, mais c'est vrai qu'ils reviennent toujours, surtout, à cause des repas. Vous connaissez les chats, inspecteur ?

– Commissaire, s'il vous plaît, je suis le commissaire Martineau… Et j'aime aussi les chats.

– Oh excusez-moi ! Enfin vous êtes... policier. Quand j'ai vu, le matin de la mort de ce pauvre Olivier, tous ces flics, enfin excusez-moi, tous ces uniformes, j'ai pensé qu'il pouvait s'agir d'un meurtre.

– Il semblerait, en effet, mais rien n'est encore sûr. Que pouvez-vous me dire de lui ?

– Oh ! C'était un ours. Il ne recevait jamais personne. Il faut quand même lui reconnaître du mérite. Il s'est occupé de sa mère jusqu'à sa mort, il y a quelques années, refusant de la mettre en maison de retraite comme les jeunes le font bien souvent maintenant.

– Vous n'y êtes pas, vous ?

– Moi, je n'ai plus d'enfants. Je reste là pour le moment, pendant que je le peux encore. Nous verrons plus tard, peut-être bientôt ! Enfin, moi, ce sera sûrement à l'hospice, au mouroir si vous préférez !

Martineau s'approcha de la fenêtre d'où on apercevait la grille d'entrée du jardin de la maison d'Olivier.

Au même moment, le chat sauta sur le rebord de la fenêtre.

– Eh bien ! Vous voyez bien, il est revenu, ils reviennent toujours.

– C'est vrai ! Vous vous y connaissez en chats ?

– Un peu… Au fait, je suppose que vous êtes constamment à cette place, désignant le fauteuil un peu usé qui était approché de l'huis.

– Oui, c'est ma seule distraction. Je vois passer des gens. Mais personne ne vient jamais me voir…

Martineau pensa, à part lui, que cela n'avait rien d'étonnant. Cette femme devait être méchante et cela sentait tellement mauvais dans cette maison sans confort et à peine chauffée.

– Le boulanger m'apporte mon pain, et les tournées de l'épicier et du boucher m'évitent de sortir. Sinon, je vais au cimetière. C'est aussi bien comme cela !

– Vous avez dû voir quelque chose, le soir où Olivier a été trouvé mort. Celui qui est entré chez lui est forcément passé par-là.

– Vous savez, je me couche tôt ou je regarde la télévision, cela dépend.

– Quand même vous avez bien vu quelque chose ?

– Non, rien, d'ailleurs je ferme mes volets de bonne heure, et la nuit tombe vite à cette saison !

– C'est vrai, mais on ne sait jamais !

– Non vraiment, je ne peux rien vous dire pour ce soir-là. Pour les autres non plus. Olivier était un ours, je vous dis. Il ne parlait à personne, évitait tout le monde, faisait ses courses à Niort, travaillait et s'enfermait chez lui, pour boire, si j'en juge par les bouteilles qui dépassaient de sa poubelle. C'était bien triste, mais je crois qu'il ne s'était jamais remis de la mort de ses parents. Ce doit être le quartier qui veut cela, son voisin, M. Gaurin en fait autant, mais lui a sans doute des excuses, il est paralysé, des jambes seulement, ajouta-t-elle d'un air entendu comme pour souligner qu'il pouvait quand même lever le coude. Quant à sa femme, elle ne s'ennuie pas non plus, je veux dire avec celui qui leur livre le vin. Enfin, cela ne me regarde pas !

– Et les cousins d'Olivier ?

– Sa mère, Léonie, s'était coupée de sa famille qui est effectivement originaire de la région, surtout depuis que son mari avait pris du galon. Elle exigeait qu'on l'appelle « Mme la Colonelle », et cela n'a pas plu à tout le monde.

– Évidemment, cela n'encourage pas la sympathie.

– Surtout elle ! Cela lui était monté à la tête et elle méprisait les autres. Quand on sait d'où elle venait. Enfin, elle a eu de la chance d'épouser un « képi », comme on dit, et celui-là avait des galons !

– Et Olivier ne s'est jamais marié ?

– Oh ! Il a eu des occasions. C'était un beau parti, mais sa mère le couvait trop. Pensez donc, un père toujours absent à cause de son métier de militaire et elle avait peur de rester seule. Alors elle le protégeait, comme elle se protégeait avec lui. C'était leur vie. Après tout, ils ne faisaient de mal à personne.

– Parlez-moi un peu de vous.

– Pourquoi, vous me soupçonnez ?

– Grand Dieu non ! s'exclama le commissaire.

– De moi, il n'y a pas grand-chose à dire. Nous étions voisins, c'est tout. Quand ils sont venus s'installer ici, nous venions juste d'emménager, avec mon mari et mon fils. Nous n'étions pas du même monde et elle nous le fit bien sentir. Mon mari était un simple ouvrier, il travaillait aux usines Marot, comme beaucoup de gens et puis un jour, sur le chemin du retour, il a été renversé par une voiture. Elles n'étaient pourtant pas si nombreuses à l'époque. Son vélo a été complètement broyé. Moi j'étais femme de ménage. Nous voulions que notre fils s'en sorte, n'ait pas la même vie que nous, fasse des études. Là non plus nous n'avons pas eu de chance. Non seulement il n'aimait pas apprendre, mais il a voulu être apprenti imprimeur. Lui aussi a été emporté par la mort, un soir qu'il revenait d'un bal avec ses copains. Je suis donc seule maintenant et mon unique occupation est d'aller leur porter des fleurs, au cimetière.

Le commissaire marqua un temps d'arrêt. Il pensa que la vie ne nous est que prêtée !

– Mais cet Olivier ?

– Oh lui ! Il était plus gentil que sa mère. Au moins il me disait bonjour, lui. Quand il s'est retrouvé seul dans cette maison, il a dû comprendre ce qu'est la solitude, mais nos rapports n'ont pas changé pour autant. Juste « bonjour, bonsoir », mais c'était déjà mieux que pour Léonie. Il n'avait pas de caractère et il restait renfermé, sortait juste pour quelques courses et bien entendu pour son travail.

– Pas de femme ?

– Je ne sais pas. Il avait la cinquantaine et à cet âge, quand on n'a pas trouvé la femme de sa vie, c'est un peu tard. Il ne sortait jamais et même s'était mis à boire, le désespoir sans doute.

– Si quelqu'un venait le voir le soir, cela ne pouvait pas vous échapper.

– Oh ! Monsieur le commissaire, je ne suis pas de ces concierges qui sont toujours à l'affût derrière leurs rideaux.

– Ne le prenez pas mal, c'est juste une question.

– Il m'arrive de regarder dans la rue, ça oui, je n'ai pas beaucoup de distraction.

– Mais le soir de sa mort, personne ne lui a rendu visite ?

– Non, d'ailleurs la rue est sombre et la nuit tombe vite, comme vous pouvez le voir. Je vous l'ai déjà dit. Et puis il se trouve que je me couche de bonne heure et que je ferme tôt mes volets. A mon âge !

– Au fait, vous lisez les journaux ?

– Non, pourquoi cette question ? Ce qui se passe autour de moi ne m'intéresse guère !

– C'était juste une question sans importance.

Martineau eut l'impression que cette vieille femme en savait bien davantage qu'elle ne voulait en dire. C'était un peu comme une anguille qui lui filait entre les doigts. Il avait la certitude qu'elle lui cachait quelque chose, peut-être un simple détail. Dans ses paroles, dans son attitude même, il y avait de la jalousie, cela se sentait.

– Ah, au fait, cela me revient !

– Oui, fit Martineau, déjà sur le pas de la porte.

– Vous avez parlé de femme tout à l'heure, enfin pour Olivier !

– Si vous savez quelque chose, je vous écoute.

– Oh, c'est sûrement sans importance !

– Dites toujours !

– Je crois qu'il recevait la visite d'une femme, mais n'allez pas vous faire des idées. Ce n'était pas le genre à partir de bonne heure le matin, non, elle ressemblait plutôt à ces dames de charité. Je ne saurais pas la reconnaître, mais elle était habillée de gris, mal peignée. Elle venait parfois quand You rentrait de son travail puis elle repartait ensuite. Elle devait appartenir à un ordre religieux ou quelque chose dans ce genre. De mon temps on les reconnaissait plus facilement à leur habit et à leur cornette, mais maintenant qu'elles s'habillent en civil, c'est un petit peu moins facile… Mais c'est sans doute sans importance.

– Merci de ce renseignement, chère madame, il peut se révéler précieux !

La plaque de cuivre de l'étude, un peu plus grande que de coutume, portait en lettres capitales « Maître Dujardin, Notaire, Docteur en droit, successeur de son arrière-grand-père, de son grand-père et de son père ». Cette simple mention, si l'on peut le dire ainsi, suffisait à rassurer n'importe quel client sceptique sur le sérieux de cette étude où s'étaient succédé quatre générations d'officiers ministériels de la même famille. Cette lignée d'hommes de loi devait détenir bien des secrets et les murs du bureau notarial devaient avoir entendu bien des confidences inavouables, bien des secrets de famille qui, bien entendu, étaient couverts par le secret professionnel !

Martineau ne venait pas là, sur rendez-vous évidemment, pour en délier le tabellion mais seulement parce qu'il avait appris, par les recherches faites au domicile d'Olivier You, que Me Dujardin était le notaire de la famille. Il venait, dans le cadre de l'enquête, s'enquérir de l'existence d'un éventuel testament.

Il fut reçu par un homme précieux, vêtu d'un costume croisé bleu marine avec, à la boutonnière, le ruban rouge de la Légion d'honneur. Il sentait la vieille lavande, ce qui lui donnait, avec ses grosses lunettes d'écaille et des cheveux gris, courts et peignés avec soin, des airs de triste intellectuel de province, de nanti et de notable tout à la fois, avec ce petit rien qui donne l'impression désagréable à son interlocuteur d'être constamment pris par lui pour un imbécile ! Il sembla au policier qu'il n'eût pas dédaigné qu'on l'appelât « Docteur » plutôt que « Maître », titre trop commun à ses yeux ! Il était en effet de notoriété publique qu'il disait à qui voulait l'entendre qu'on donnait du « Maître » à un huissier qui vient saisir vos biens, à un avocat sans-cause qui se morfond dans une sous-préfecture, à un officier-marinier de la Royale, ce qui n'est, après tout que l'équivalent du grade de sergent-chef dans l'armée de terre, à un commissaire-priseur poussiéreux et provincial qui, pour quatre sous, disperse des antiquailles, ou, ce qui est encore pire, au premier gourou venu. C'était assez dire combien, à ses yeux, ce titre était vilipendé. Régler une succession, partager équitablement les biens, parfois durement acquis d'un « de cujus » et faire respecter ses dernières volontés était quand même autrement plus valorisant et il lui semblait donc légitime de s'entendre appeler « docteur », au même titre qu'un médecin ou un membre éminent de l'université.

Ses doigts fins faisaient voleter les feuilles d'un dossier qu'il avait devant lui.

– Je regrette M. le commissaire, le De Cujus n'a pas laissé de testament. Il avait seulement pris les précautions d'usage pour ses obsèques et avait demandé à l'étude de veiller à leur bon déroulement.

– Cela complique quelque peu mon enquête.

– C'est possible mais mes recherches vont en être également affectées. Je connais la famille, surtout du côté de sa mère depuis longtemps. Elle a toujours été cliente de l'étude, même si elle ne m'a pas fait gagner beaucoup d'argent. Tout cela vient de mon grand-père. Ce serait trop long. Toujours est-il que lorsque Léonie est devenue Mme You, et surtout « Mme la colonelle », elle a fréquenté l'étude un peu plus. Il faut dire que son mari était un fin investisseur, avait du nez pour les bonnes affaires et savait comment placer son argent. A sa mort, son épouse et son fils ont hérité une petite fortune, mais la conduite un peu distante de « la Colonelle », surtout vis-à-vis de sa famille, a fait qu'elle a creusé autour d'elle un vide dont je crois qu'elle n'a pas eu conscience elle-même. Elle espérait tellement devenir « La Générale » que lorsque son pauvre mari est mort, on ne sait pas si c'est le chagrin ou la déconvenue qui l'ont précipitée dans la maladie qui l'a emportée bien des années après. Je crois que je vais devoir faire appel à un généalogiste ! Ce pauvre Olivier ne lui a pas survécu bien longtemps !

– Et de son côté à lui ?

– Il était fils unique. La famille du côté paternel est originaire d'un petit village de Vendée je crois. La succession ne va pas être facile à régler, avant d'être sûr d'avoir réuni tout le monde.

Le notaire, très « Vieille France », le raccompagna lui-même à la porte de son étude. Debout, il semblait un peu plus grand dans son costume croisé et cela accentuait le côté « supérieur » qu'il cultivait sans doute comme le font les gens imbus d'eux-mêmes et qui se savent, ou à tout le moins se supposent, différents de la masse des autres hommes. Il flottait toujours autour de lui cette fragrance de lavande qui agaçait les narines du commissaire.

Il lui tendit une main molle et moite, presque indifférente, que le policier n'osa serrer, comme à son habitude, de peur de lui faire mal !

Les paroles du notaire trottaient encore dans sa tête. Pourquoi un meurtre s'il n'y avait pas un bénéficiaire immédiat ? Si l'homme de loi ne trouvait personne, ou si les rares héritiers renonçaient à cause des droits de succession élevés, cette fortune irait à l'État. Du même coup, il n'y aurait pas de mobile, à tout le moins de ce côté-là ! La théorie du crime était difficilement plausible et toutes ces histoires de lettres anonymes n'étaient rien d'autre que l'œuvre d'un plaisantin, de mauvais goût, il fallait bien l'avouer !

Il y avait comme un air d'inachevé dans tout cela, un mort dont on n'était même pas sûr qu'il ait été assassiné, des lettres de dénonciation sibyllines, une vieille femme qui en disait sûrement moins qu'elle n'en savait...

Comme à son habitude, il participa aux obsèques d'Olivier. Il aimait observer les gens qui assistaient à cet office. Il se faisait ainsi une idée sur eux, les regardait parfois comme des coupables potentiels.

Là, il eut tout loisir de remarquer les détails de la petite église, ses vitraux, dont un représentait sainte Pezenne au visage à demi effacé par le temps, ses tableaux, ses statues. A la bénédiction, il n'y avait personne, si ce n'est quelques collègues qui avaient bénéficié d'un peu de temps pour accompagner leur camarade. La petite tribune à laquelle on accédait par un escalier en colimaçon était vide. La direction de la banque ne s'était même pas déplacée et un très modeste bouquet où apparaissait le sigle de l'établissement était posé sur le cercueil. Le corps avait été identifié par deux membres du personnel.

Il y rencontra aussi l'adjoint au maire qui vint à la cérémonie, mais surtout en mémoire du colonel.

Yvan pensa que c'est dans ce genre de circonstances qu'un homme mesure l'amitié et l'attachement que lui portent ses semblables. Olivier n'était pas là pour le voir ! Yvan eut tout le loisir de lire l'épitaphe gravée sur une plaque de cuivre sertie dans un mur de l'église et surtout d'en méditer le texte latin qu'il parvint à déchiffrer :

« *Ici gît Nicolas Lery pasteur de cette église qui est mort dans ce lieu en l'an 1678. Priez pour lui dont le souvenir vous est confié* ».

La mémoire d'Olivier, n'est, en ce jour, confiée à personne, songea-t-il.

L'officiant avait la mine renfrognée et faussement joyeuse qu'arborent ordinairement les membres du clergé séculier. Il était un peu pressé d'en finir devant cette assemblée clairsemée et expédia la cérémonie. Le cimetière tout proche accueillit le cercueil où désormais Olivier reposerait aux côtés de ses parents.

Certes un enterrement n'est pas une réunion joyeuse, mais là c'était franchement triste dans cette église, ouverte pour la circonstance, qu'on n'avait même pas pris la précaution de chauffer, et ce vent du nord qui glaçait les os malgré un pâle soleil d'automne qui éclairait le cimetière !

En plus, personne à soupçonner ! Ses collègues qu'il avait déjà interrogés s'en revinrent à leur bureau. On leur avait donné une permission exceptionnelle pour qu'au moins quelques membres du personnel soient présents, mais à la condition de réintégrer leur lieu de travail dès la fin du service religieux.

L'adjoint vint le saluer, autant par politesse que pour s'enquérir de l'avancement de l'enquête.

– Il n'y avait pas grand monde pour accompagner le pauvre Olivier.

– Non, effectivement. J'observe que bien peu de ses collègues se sont déplacés. C'est comme cela !

– Vous restez sur l'éventualité d'un meurtre ?

– Oui, enfin pour le moment, mais les indices sont bien minces.

– Enfin, si cela se vérifiait, ce ne serait pas une bonne publicité pour Sainte-Pezenne.

– Oui, je m'en doute, fit Martineau.

– Voyez-vous, M. le Commissaire, ma famille est pexinoise depuis de nombreuses générations et on se souvient encore d'un crime atroce qui a été commis ici, c'était en 1893.[27] Le meurtrier a été guillotiné sur la

[27] Il s'agit d'un meurtre perpétré par Marseil Sabourin, journalier à Sainte-Pezenne sur la personne de sa sœur. Il fut guillotiné à Niort le 17/2/1894. [Les grandes affaires criminelles en Deux-Sèvres 1811-1939 - Olivier Goudeau, p 124 et suivantes]. La dernière exécution judiciaire eut lieu à Niort le 17/12/1935. Ce fut celle de Joseph Lauer.

Place de la Brèche. La mémoire collective s'en est même emparé et quand le verdict a été prononcé, on chanta une complainte dans les rues de Niort. J'en ai retrouvé les paroles, lui dit-il en lui tendant une vieille coupure de journal.[28]

« *Écoutez, garçons et filles*
Ainsi que vous, gens de la ville
De Niort et puis d'Souché
De St Maxire et d'Echiré
Et du bourg de St Pezenne
Gens du marais et de la plaine.

Profitant de ce que sa sœur dort,
Armé d'une lourde cognée,
Il ne craint pas d'la pauvre enfant
De troubler le sommeil innocent.

Grâce à Monsieur le Président
Homme d'esprit et de talent
Malgré l'avocat d'office
Son éloquence et ses efforts,
Il fut condamné à mort. »

Cette information laissa Yvan perplexe.

[28] Mémorial des Deux-Sèvres n° 151 du 19/12/1893.

Le commissaire voulait continuer à faire confiance à cette chance qui venait toujours à lui dans les moments difficiles. Il s'était approprié cette enquête et se voyait mal l'abandonner maintenant.

Depuis quelques jours, il piétinait, ne sachant pas dans quel sens se diriger. Les lettres anonymes avaient cessé.

Le planton lui signala par téléphone qu'une femme voulait lui parler, que c'était en rapport avec son enquête.

– Après tout, pourquoi pas, se dit dit-il.
Et il fit introduire la visiteuse dans son bureau.

La femme qui entra devait avoir une quarantaine d'années, peut-être un peu plus. Elle n'était ni belle ni laide, les cheveux ternes tirant sur le gris, le genre de personne qui n'accroche pas le regard dans la rue. Elle était vêtue simplement, un manteau et un tailleur sombre qui n'étaient pas de la première jeunesse, portait seulement un parfum ordinaire qui dérangea quelque peu le commissaire. Il n'en laissa rien paraître cependant. Elle s'appelait Thérèse Nivette.

– Madame, fit Yvan.

– Mademoiselle, lui répondit-elle sur un ton où semblaient se mêler la réprobation et la déconvenue.

– Excusez-moi.

« Ça commence bien », se dit Yvan.

Elle avait bien rendu visite à Olivier le soir de sa mort. Cela lui arrivait souvent, surtout depuis la disparition de sa mère. Elle était employée comme préparatrice en pharmacie à Niort où elle habitait et comme toujours, sur la demande d'Olivier, elle avait laissé sa voiture à quelque distance de chez lui pour ne pas attirer l'attention. Ils avaient parlé de tout et de rien.

– Vous étiez sa maîtresse ?

La question volontairement brusque du policier surprit son interlocutrice qui montra quelque surprise. Elle se reprit pourtant sur un ton qui ne laissa place à aucune interprétation.

– Non, sûrement pas ! Nous étions juste amis depuis longtemps, mais du vivant de sa mère, il ne nous était possible de nous voir qu'en cachette. De toute manière Olivier était, comment dire, enfin, il n'avait jamais connu de femme.

– Vous voulez dire qu'il était puceau ?

– Je ne l'aurais peut-être pas dit comme cela, mais enfin oui, c'est cela !

– Ah bon ! A son âge ?

– Je ne suis sûre de rien, mais il ne m'a jamais fait aucune avance. Il était bien trop timide.

Yvan pensa que cela n'avait sans doute rien d'étonnant. Si la victime était timide son interlocutrice n'avait, elle, pas beaucoup de sexe-appeal ! Encore que... Ses yeux étaient d'un bleu original et assez indéfinissable, à la fois légèrement délavé et profond.

– Ce n'était donc que l'amitié qui vous unissait, interrogea Yvan qui doutait que l'amitié entre un homme et une femme puisse durer bien longtemps sans se transformer en amour ou au moins en passade.

– Croyez-moi si vous le voulez, mais c'est ainsi.

– Et à part parler, qu'avez-vous fait ?

– Nous avons pris une tisane, enfin moi. Lui a prétexté un début de rhume pour s'administrer un grog carabiné, qu'il a renouvelé plusieurs fois d'ailleurs. C'était plus exactement une série de whiskys bien tassés.

Martineau pensa que si ce rhume était réel, Olivier avait bien dû prendre, ce soir-là, une sérieuse option sur sa guérison.

Il fit appeler un gardien pour qu'il prenne ses empreintes digitales. Elle indiqua que c'était sûrement les siennes que les enquêteurs avaient relevées dans la maison, à moins que quelqu'un d'autre ne soit venu avant ou après elle.

– Et quand vous êtes-vous quittés ?

– Vers 19 heures, je ne sais pas exactement, en tout cas c'était avant le dîner.

– Il ne vous a pas invitée ?

– Invitée à quoi ?

– Eh bien, à dîner !

– Oh ! Vous voulez rire, ce n'était pas dans ses habitudes. Il devait surtout se nourrir d'alcool, et moi, ce n'est pas mon genre !

– Et cette amitié durait depuis longtemps ?

– Nous nous étions rencontrés un soir, chez un ami commun qui célébrait je ne sais quoi. Il y a de cela quelques années. Sa mère vivait encore. Puis nous nous sommes revus.

– Mais jamais de liaison ?

– Encore une fois, M. le commissaire, je vous assure que non. Tout cela peut vous paraître surréaliste, difficile à croire, mais c'est ainsi. Il ne s'est jamais rien passé entre nous.

– Alors, où vous rencontriez-vous, enfin quand sa mère était encore de ce monde ?

– Chez moi, pourquoi ?

– Comme cela ! Au fait, vous êtes mariée ?

– Non, bien entendu, quelle question !

– Vous ne fréquentez pas d'autres hommes.

– Quand même, c'est un peu personnel ! C'est ma vie privée! Enfin si cela peut faire avancer votre enquête... J'ai été fiancée vers l'âge de vingt ans mais celui qui devait devenir mon mari en a préféré une autre et m'a quittée. C'était loin d'ici. Il m'a fallu longtemps pour me remettre de cette épreuve. Je l'aimais, mais lui ne voulait que s'amuser. De toutes manières, si je l'avais épousé, j'aurais été malheureuse. Il n'empêche, je n'ai jamais eu de chance, c'est peut-être ce qui m'a rapprochée d'Olivier, mais, pour répondre à votre question un peu personnelle quand même, actuellement d'autres hommes, non, il n'y en a pas !

Martineau pensa, dans son for intérieur, qu'il n'y avait rien d'étonnant à cela.

– Pourquoi n'être pas venue aux obsèques ?

– Dès que j'ai su qu'il avait pu être assassiné, j'ai craint que quelqu'un ne m'ait vue le soir où je lui ai rendu visite qui a été aussi celui où il est mort. J'ai préféré venir vous parler personnellement.

– Certes, mais la presse parlait surtout d'accident.

– Oui, mais elle mentionnait aussi la présence de la police. J'ai tout de suite pensé qu'il était arrivé quelque chose, que ce n'était pas un accident.

– Et, bien entendu, quand vous l'avez quitté, il était toujours vivant.

– Bien sûr. Il était seulement un peu endormi, à cause de l'alcool qu'il avait bu en grande quantité. Il a certainement dû continuer tout seul ensuite, comme il le faisait souvent. Il était devenu alcoolique et buvait toujours en solitaire. D'ailleurs il était seul ! Ce n'était pas le genre à aller au bistrot. Le type « pilier », si vous voyez ce que je veux dire, qui paie sa tournée aux copains. Non, lui, il était un peu radin !

– A votre avis, il aurait pu sortir dans le jardin, glisser dans la piscine et s'y noyer ?

– Peut-être. Il s'était mis à boire depuis la mort de sa mère. Tout à l'heure vous me demandiez s'il n'y avait rien eu entre nous. Non seulement je confirme que non, mais j'ajoute que je n'aurais jamais voulu d'un homme qui boit. Non, je venais le voir par charité.

– Par pitié, peut-être, comme on vient visiter un malade.

– Peut-être pas à ce point-là, la pitié n'est pas un sentiment qui me plaît, mais, à y réfléchir, il y avait un peu de cela. D'ailleurs, je consacre un peu mon temps à cela depuis longtemps, au secours apporté aux SDF dans le cadre d'une association !

– A votre connaissance, il n'y avait pas d'autres personnes dans sa vie, je veux dire qui pouvaient, comme vous, venir le voir par pitié ?

– Je ne sais pas, mais franchement cela m'étonnerait. Il n'était pas du genre sociable. Même dans son travail, on l'avait changé de poste pour qu'il soit à l'écart dans une salle d'archives ou quelque chose comme cela. Cela ressemblait à une sanction, même s'il ne l'avait pas méritée. Il est vrai que depuis la mort de sa mère, il se négligeait un petit peu, ce qui faisait mauvais effet sur la clientèle.

– Il travaillait dans une banque, je crois.

– Oui, enfin il n'avait pourtant rien d'un banquier.

– Est-ce que vous lui connaissiez des ennemis ?

– Je ne sais pas. Parfois, quand il avait bu un peu trop il s'en prenait à la terre entière, mais c'était devenu une habitude. Je n'y faisais même plus attention.

– Et là, que faisiez-vous ?

– Je prétextais une course urgente et je partais. Je n'aime pas les hommes saouls.

– Mais, vous ne pouviez pas l'empêcher de boire ?

– Et comment, à quel titre ?

– Je ne sais pas, en tant qu'amie par exemple !

– Comme vous y allez, ça se voit que vous ne le connaissiez pas !

– Il était violent ?

– Oh ça non ! Mais il se moquait de tout ce que je pouvais bien lui dire, et je n'étais pas la seule à être ainsi traitée. Cela faisait bien longtemps que ses collègues l'évitaient ! J'ai bien essayé, au début, mais, vous savez, on a vite fait d'épuiser les joies de ce genre de jeu. Par exemple, il m'est arrivé souvent de lui faire remarquer que le niveau de sa bouteille de whisky baissait. Vous savez ce qu'il disait ?

– Non, évidemment !

– Il disait que c'était l'évaporation ou bien, attendez, il avait une expression, « la part des anges » !

– C'est joli !

– Peut-être, mais cela ne lui arrangeait pas la santé !

Martineau pensa que c'était là une belle expression poétique pour évoquer ou plus exactement occulter l'alcoolisme, mais il remarqua tout aussitôt, en bon ancien enfant de chœur qu'il avait été, que les anges, bien qu'innombrables, devaient être singulièrement imbibés depuis le temps qu'ils prélevaient leur dîme sur le breuvage des pauvres mortels !

– Vous disiez « sa bouteille », il n'en avait donc pas plusieurs.

– Si, enfin non, c'était toujours la même bouteille, je veux dire la même marque, de sorte qu'on ne savait jamais combien exactement il avait pu boire de whisky dans la journée.

– Et qu'est ce que c'était ?

– Ah ! Vous êtes aussi amateur de whisky ? fit-elle en toisant le fonctionnaire.

– Oh non ! Moi ce serait plutôt l'eau minérale !

—C'est vrai, vous n'avez pas la tête à cela. Olivier buvait une sorte de whisky écossais assez spécial qu'il faisait venir tout exprès. Il ne changeait jamais. Pour cela au moins, il n'était pas radin.

Elle demanda l'autorisation de se mettre à son aise, ce à quoi le commissaire consentit volontiers. Avait-elle marché pour venir ou supportait-elle mal la température qui s'était considérablement radoucie depuis les pluies de la veille ? Elle quitta sa veste avec une certaine grâce qui n'échappa pas au commissaire. Sans qu'il le veuille vraiment, il put apercevoir sur son épaule légèrement dénudée, une bretelle de soutien-gorge, à moins que ce soit la finesse de son cou ou la blancheur de sa peau. A ce moment précis, Yvan eut une pensée furtive pour Bernard Giraudeau et sa manière d'exprimer ce qui, chez une femme, est authentiquement érotique. Sans qu'elle puisse lire dans ses pensées, elle sembla s'en rendre compte et reboutonna rapidement son corsage que le hasard avait légèrement échancré. Cette vision presque clandestine fut pour Martineau chargée d'une sensualité intense. Manifestement, son impression première avait cédé la place à quelque chose de plus intime qu'il n'osa pas, sur le moment, analyser ou peut-être s'avouer à lui-même. Quelque chose venait de se produire qui ressemblait, à s'y méprendre, à ce qu'il ressentait quand il croisait une passante dans la rue. Décidément, malgré son âge et sa timidité, Yvan était un admirateur définitif de la beauté des femmes. Il aurait voulu que ce moment durât longtemps. Il suivit le mouvement de ses lèvres fines, regarda ses mains qui accompagnaient ses paroles. Il s'était passé quelque chose qui imperceptiblement l'attirait vers elle. Il se mit à gamberger et sa physionomie dut se modifier. S'en aperçut-elle ? Pour elle aussi, peut-être, cet instant avait eu quelque chose de magique.

Et puis il y avait ces yeux qui rappelèrent à Yvan une chanson d'Édith Piaf un peu oubliée.

« *Plus bleu que le bleu de tes yeux*
Je ne vois rien de mieux
Même le bleu des cieux ».

Après un temps le policier risqua une parole.

– Vous n'avez jamais été mariée, m'avez vous dit ?

Il croisa son regard, un regard doux, presque complice.

– Non, vous voulez plus exactement savoir si j'ai un compagnon actuellement ?

– Si vous voulez !

– Non, je vous l'ai dit ! Mais quel rapport avec votre enquête et quelle drôle de façon de poser une question ?

– Disons que je pourrais effectivement poser la question autrement, mais cela revient au même !

– Pardon commissaire, mais cela fait-il vraiment partie de votre enquête ?

Martineau parut gêné.

– Pas exactement, lui répondit-il, ses yeux plantés dans les siens.

La femme rougit un peu et porta son regard sur le côté.

– Non, il n'y a personne, fit-elle, à la fois troublée et surprise, malheureusement !

Yvan, qui ne s'attendait pas à cette réponse, reprit, presque inconsciemment.

– Que diriez-vous d'une invitation à dîner, pas dans le cadre de l'enquête, évidemment, je connais un petit restaurant du côté de l'avenue de Paris, nous y serions tranquilles…

Il eut l'impression qu'elle avait marqué un temps d'hésitation, sans d'ailleurs trop savoir si cela correspondait à la réalité. Elle reprit cependant.

– C'est un peu mon quartier. Mais enfin, je ne vous connais pas. Je ne sais pas si je peux... C'est personnel !

– Allons, laissez-vous faire, cela n'engage à rien. Demain soir, cela vous irait ?

– Oui, si vous voulez, maintenant qu'Olivier n'est plus là !

– Eh bien je passerai vous prendre vers 20 heures !

Elle griffonna son nom et son adresse sur une page de son éphéméride qu'elle arracha.

Martineau était peu coutumier de ce genre de conversation quelque peu cavalière, surtout dans le cadre d'une enquête. Il devait être sous le coup du charme de cette femme dont pourtant, dès l'abord, il n'avait pas pris conscience. Il avait lancé son invitation... et elle avait accepté, malgré quelques réticences, de principe peut-être ? Sans doute avait elle l'habitude, malgré des apparences austères, de susciter des avances masculines ou d'y répondre ? Il avait eu cette impression à la fois bizarre et nouvelle pour lui d'avoir retrouvé le goût de la conquête.

Elle lui tendit la main qu'il serra chaudement.

– Au fait, reprit le policier, moi non plus je ne suis pas marié.

– C'est étonnant, reprit Thérèse, j'aurais cru le contraire. Enfin, je ne sais pas comment le dire, une compagne peut-être ?

– Ah ! Oui, à vrai dire, deux !

La femme parut outrée.

– Oui, je vis avec un chat et une vieille voiture. Avec la voiture, ça va, elle fait ce que je lui dis, elle me coûte cher, comme une femme, mais j'en suis satisfait. Quant au chat, nous avons parfois des disputes, silencieuses, je vous l'accorde, mais rien de sérieux... Ensuite je ne le revois plus de la soirée. C'est qu'il ne veut rien entendre et reconnaît rarement quand il a tort. Quand c'est le cas, il boude dans son coin où se console par une nuit de maraude. C'est un caractère, mauvais, selon moi. Mais la faim le ramène toujours au foyer...

Thérèse se mit à rire. C'était rare qu'Yvan fasse rire une femme en privé... Et puis c'était encore plus rare qu'il parle ainsi sur le ton de la plaisanterie, surtout en service. Apparemment il se passait quelque chose. Avec elle, il se sentait bien, avait envie de sortir de son quotidien et cela faisait bien longtemps qu'il n'avait pas ressenti une pareille impression.

Elle sembla rassurée mais lui fit observer qu'il ne portait pas d'alliance et que c'était pour cela qu'elle avait accepté son invitation.

– Eh bien, à demain soir, commissaire !

Cela ne lui était pas arrivé depuis longtemps d'être ainsi bouleversé par le regard d'une femme.[29] Il avait simplement envie d'en profiter même si cela était un peu en marge d'une enquête qui s'annonçait difficile. Il abandonnerait pour un soir ses charentaises à carreaux, les conversations avec son chat, son traditionnel disque de grande musique ou de jazz et la tisane à laquelle il s'était mis récemment, suite logique et vespérale de son eau minérale habituelle ! Il avait dû passer aux yeux de cette femme pour un Don Juan qu'il n'était pourtant pas et avait cédé à cette folie passagère qui l'étonnait encore lui-même. Il verrait bien la suite que prendraient les événements.

Était-ce le démon de midi qui semblait se manifester à lui à travers le regard bleu de cette femme dont le visage commençait à accuser un peu les années ? Il avait bien conscience que son invitation à dîner était un peu en marge de la déontologie de l'enquêteur, mais pour une fois, sans trop savoir pourquoi, il avait envie de mêler l'utile à l'agréable. Et puis son enquête pouvait aussi bénéficier de cette soirée !

---

29 Voir cependant « *Le débredinoire* »

Dès l'entrée, Yvan reçut en pleine figure l'odeur de remugle et d'urine de chat qui s'échappait de la petite maison. Comment pouvait-on vivre dans toute cette crasse ?

Le fonctionnaire restait persuadé que cette voisine peu bavarde en savait plus long sur la vie d'Olivier. Son fauteuil au coussin écrasé était disposé près de le fenêtre. Ne faisant rien de la journée, rien ne pouvait lui échapper, placée qu'elle était à cet endroit stratégique, en face de l'unique entrée de la maison de la victime.

– Comment va votre chat ?

– Comme vous avez dit, il revient toujours, surtout au moment du repas !

Effectivement, un chat noir était en train de dévorer des restes dans une assiette ébréchée.

– Vous ne vous souvenez toujours de rien ?

– Pourquoi, pour le soir de la mort de ce pauvre Olivier ?

– Bien sûr !

– Je vous l'ai dit. Je devais être couchée ou je regardais la télévision. De toute manière je m'endors devant. C'est vrai que le jour je suis souvent à ma fenêtre, c'est ma seule distraction, mais quand le soir tombe on n'y voit plus rien, le maire ferait bien d'améliorer un peu l'éclairage public. Je vous ai déjà dit que la rue est mal éclairée. Je n'y peux rien.

– Nous allons sans doute faire une reconstitution.

– Ah bon, cela servira à quoi, il est mort !

– A savoir comment !

– Les journaux ont dit qu'il s'était noyé. C'est une mort de riche, noyé dans sa piscine, quand même !

– Je croyais que vous ne lisiez pas les journaux !

– Non, mais nous en avons parlé avec le voisin, lui les lit.

– Et lui qu'en pense-t-il ?

– Comme moi, vous savez, il est aussi vieux que moi et malade. Et puis Olivier était aussi « chaleureux » avec lui qu'avec moi, avec tout le monde d'ailleurs, il était bien connu pour cela ici. Il ne parlait à personne, tout le portrait de sa mère !

– Nous pensons que ce n'est peut-être pas un accident.

– Et ce serait quoi au juste ?

– Un meurtre, par exemple !

– Il n'était pas très sympathique, mais de là à le supprimer. Enfin moi, ce que j'en dis…

– C'est que j'ai reçu des lettres anonymes !

– Ah bon !

Martineau avait bien observé la vieille au moment de parler de ces fameuses lettres mais, à part un instant de surprise, il n'avait rien noté de suspect sur son visage.

– Les lettres anonymes, c'était pendant la guerre, enfin à ce qu'il paraît !

– Peut-être, encore que, mais il semblerait que certains n'en aient pas perdu l'habitude.

Martineau lui tendit l'une d'elle. La vieille l'examina avec curiosité.

– Drôle d'idée, fit-elle.

– Quoi ? Reprit le policier.

– De coller des lettres sur une feuille blanche, ce n'est même pas aligné !

– Vous auriez fait mieux ?

– Oh, je n'aurais pas fait du tout, d'ailleurs ce procédé me répugne, et je n'aime pas beaucoup les policiers !

– Nous faisons un travail difficile et chaque citoyen a le devoir de nous aider, s'il sait quelque chose.

– Eh bien moi je ne sais rien ! Maintenant si cela peut vous faire plaisir je peux inventer, mais ce n'est sans doute pas ce que vous souhaitez.

– Non bien sûr, mais un innocent risque d'être arrêté.

– Ah bon ! Vous avez, comment dit-on, un suspect ?

– C'est possible, mais il faut recouper les informations, vérifier, si vous voulez. Je ne veux pas d'erreur judiciaire. C'est pourquoi je reviens vous voir.

– Ah, comme je vous ai déjà dit, j'ai bien vu une femme de temps en temps qui sortait de chez lui. Ce devait être une sorte de religieuse ou quelque chose comme cela. Elle était habillée en gris...

Le commissaire fit un signe de la tête.

– Et qu'en pensez-vous ?

– Rien. En tout cas elle n'avait pas le genre d'une femme entretenue, d'abord parce qu'Olivier était bien trop radin et puis elle ressemblait plutôt à ces femmes qui font la charité autour d'elles.

– C'est tout ? Demanda le policier.

– Oui, c'est tout, mais ce n'est sûrement pas elle qui l'a tué.

– Qu'en savez-vous ? Vous la connaissez ?

– Non, c'est vrai, je n'en sais rien, comment pourrais-je le savoir ? C'est juste une impression. J'ai dû la voir sortir de chez lui pendant l'été, mais pas très souvent. Et puis je ne suis pas toujours à guetter !

– Oui, bien entendu !

Martineau n'était pourtant pas un joueur de poker émérite, tant s'en fallait, mais il avait tenté de bluffer la vieille dame et cela, apparemment, avait marché. Elle avait mordu à l'hameçon. Au vrai, il ne s'y attendait guère, mais pour le reste il semblait bien qu'elle ne savait rien, ou alors elle cachait bien son jeu !

Le lendemain soir, à l'heure dite, il était devant la porte de Thérèse et comme dit le poète, « *[il sortit] son plus beau doigt pour sonner à sa porte.*»[30] Elle mit un peu de temps à venir, ouvrit en s'excusant de son retard, mais il ne faisait pas de doute qu'elle l'attendait impatiemment. Elle était prête mais lui proposa d'entrer. Il crut poli de décliner l'invitation, se réservant sans doute pour le retour.

Ils choisirent de marcher.

Au restaurant, il retrouva les gestes courtois et distingués de l'homme galant qu'il avait été, cela faisait pourtant bien des années, l'aida à enlever son manteau, attendit qu'elle soit assise pour s'installer. Comme un vieil habitué, il conseilla des plats, parla de l'Italie qu'il connaissait mal. Elle lui demanda si cette langue lui était familière. Ne voulant pas être en reste et souhaitant un peu briller à ses yeux, il prononça deux ou trois phrases dont il se souvint et qu'il puisa dans le répertoire de Paolo Conte.

Pendant le repas, il parlèrent de tout sauf de l'enquête. Il apprit de sa bouche qu'au moins une fois par semaine en hiver et en compagnie de collègues, elle passait une partie de ses soirées à porter des repas

---

[30] Il s'agit de Francis Lebarbier, clown , poète et... niortais.

chauds aux SDF qui rôdaient en ville, les invitaient à rejoindre pour la nuit un centre d'hébergement. Elle rentrait vers minuit, un peu épuisée mais heureuse d'avoir fait son devoir.

– Vous êtes une sainte !

– Ne vous moquez pas commissaire, je n'ai même pas la foi religieuse !

– Simplement de la pitié, reprit Yvan.

– Non, la pitié n'est pas un sentiment sain à mes yeux. Ce n'est sûrement pas là l'opinion de l'Église, mais je m'en moque.

– Cela dépend, c'est une vertu !

– Si vous voulez !

– Était-ce pour cela que vous aviez donné, disons votre amitié à Olivier ?

– Commissaire, nous étions convenus de ne pas parler de cette enquête.

– Vous avez raison, je suis incorrigible !

– Je vais quand même vous répondre. C'est effectivement pour cela. J'ai connu Olivier, certes réservé, vivant dans l'ombre de sa mère au point que j'ai cru un moment qu'il était homosexuel mais il n'en était rien. Il était timide, mais c'était un homme qui présentait bien, svelte…

– Svelte, fit Yvan, surpris.

– Oui, à l'époque, il se baignait souvent dans sa piscine, il aimait beaucoup cela, mais quand sa mère est morte, il a complètement changé, s'est mis à boire. Je ne m'en suis pas aperçue tout de suite puis un jour j'ai découvert une bouteille de whisky dans la poubelle.

– Vous lui en avez parlé ?

– Oui.

– Et que vous a-t-il répondu ?

– Qu'il se consolait comme cela de sa vie, c'est tout !

– Vous l'auriez épousé s'il ne s'était pas mis à boire ?

– Non, je ne crois pas. Je pense que même plus jeune, je veux dire bien avant la mort de sa mère, il me faisait de la peine. Il était sans doute sans grand caractère, incapable de prendre une décision par lui-même. Il n'aurait jamais pu venir habiter avec moi par exemple. C'est moi qui aurais dû venir m'installer chez eux, à condition bien sûr que sa mère consente à ce mariage ! Et puis vous me voyez appeler ma bellemère « La Colonelle » ? Non, sa mère était trop abusive, l'étouffait. Lui s'était fait à cette situation et ne pouvait plus s'en passer. Bref, nous n'étions pas faits l'un pour l'autre !

– Vous veniez quand même le voir !

– Oui, pour tenter de le sauver après la mort de sa mère !

– Mais avant ?

– Avant c'est lui qui venait chez moi ; nous parlions. Je pense que cela lui faisait du bien.

– Et vous ? interrogea le commissaire.

– Pour moi c'était un peu comme si la pitié prenait le pas sur l'attachement. Oui, une sorte de pitié, ou une forme de charité, comme vous voudrez !

– Autrement dit, c'était un peu comme s'il faisait partie de ceux que vous secourez, mais un peu différemment. Chacun ses pauvres !

– Si vous voulez le dire comme cela !

– Comment était-il, je veux dire avec vous ?

—Oh, il était plutôt taciturne ! Il parlait peu. Autrement il aurait pu être bel homme. Il ressemblait beaucoup à son père. Je n'ai vu que des photos de lui. Il portait bien l'uniforme. Il était mince et grand. De ce point de vue au moins son fils lui ressemblait.

C'est vrai que le rapport du légiste avait décrit un homme maigre et sec. D'ordinaire l'alcool fait grossir mais là ce n'était pas le cas. Il devait en effet tenir de son père pour l'aspect physique.

—Nous n'avons retrouvé chez lui que les effets et uniformes de son père. Pas de vêtement ni de bijoux qui auraient appartenu à sa mère.

—Pour les bijoux, je ne sais pas, il a dû les vendre, mais pour les vêtements il me les a donnés, mais uniquement pour que je les distribue aux pauvres, pas pour que je les porte. Il n'aurait sans doute pas voulu me voir avec, d'ailleurs je n'aurais jamais accepté. A l'évidence, il désirait gommer tous les souvenirs de cette mère abusive. Je crois d'ailleurs qu'il n'avait conservé aucune photo d'elle. En revanche, il avait une véritable vénération pour son père!

—Pardonnez-moi, mais vous avez affirmé que lorsque vous êtes partie de chez lui, il était encore vivant.

—C'est cela, et je persiste. Il était vivant, un peu saoul, mais vivant. Au vrai, quand je suis partie il était affalé sur un fauteuil. J'ai reçu une communication téléphonique sur mon portable. Un collègue de l'association ne pouvait venir et on m'a demandé de le remplacer au pied levé. Bien sûr, j'ai accepté. Je suis partie seule et j'ai refermé la porte derrière moi.

– A clé ?

– Oui, j'en avais toujours une. C'est lui qui me l'avait donnée.

– A votre avis, il a dormi longtemps ?

– Je ne sais pas. J'avais laissé la porte-fenêtre qui donnait sur la piscine entrebâillée de façon à ce que l'air frais le réveille.

– Ce n'était pas prudent !

– Pourquoi ? Le jardin est clos de hauts murs et il est impossible d'y pénétrer sans passer par la maison. Et puis j'avais l'habitude de faire comme cela. Et j'ai fermé à clé et je me suis éclipsée dans la nuit. Je pense que personne ne m'a vue. La rue est si mal éclairée. Vous noterez que je me suis présentée à vous spontanément pour vous dire ce que je sais. J'ai vraiment de la peine pour sa mort !

– Ce qui me préoccupe c'est que effectivement vos empreintes correspondent bien à celles qui ont été relevées par les enquêteurs. Ce ne sont d'ailleurs pas les seules.

– Après tout, cela est logique puisque j'étais chez lui le soir de sa mort. Ce qui m'étonne c'est la présence d'autres traces. Olivier n'était pas quelqu'un de convivial, ne fréquentait personne à part moi, enfin je pense.

– Cela fait de vous le principal suspect, pour le moment, et cela me gêne.

– Comment cela ? Je vous ai dit ce que je sais, simplement pour faire avancer votre enquête. Pourtant je vous donne ma parole que je ne suis pour rien dans sa mort.

– Je vous crois, c'est sans doute un peu pour cela que je suis là, ce soir, avec vous. Ce n'est pas tout à fait conforme à la déontologie ! Encore que… Mais il ne faut pas mélanger le travail et…

– C'est possible, je ne sais pas. Et quoi au fait ?

– Je ne sais pas, et les affaires personnelles par exemple.

– Oui, je vois, dit-elle en le fixant du regard.

– A votre place, je serais quand même venue assister à ses obsèques.

– Je vous ai déjà répondu sur ce point, je ne vais donc pas changer d'avis et puis croyez-vous que la peine qu'on peut ressentir pour quelqu'un se mesure à une présence ou non à une cérémonie religieuse ?

– Non, effectivement !

– D'ailleurs j'y pense, j'ai quelque chose pour vous.

– Pour moi ?

– Oui, pour vous.

En disant cela, elle lui tendit une clé. Elle avait rapproché sa main de celle d'Yvan. Il avait posé la sienne sur sa peau blanche et elle n'avait manifesté aucun mouvement de retrait. Ils s'étaient regardés dans les yeux sans rien dire et ce silence complice avait troublé le policier. En savait-elle plus long qu'elle ne voulait en dire, était-elle en train de le circonvenir ou bien ses sentiments étaient-ils sincères ? Cette femme était peut-être une séductrice reconvertie temporairement dans l'activité humanitaire et qui s'était soudain réveillée parce que l'instinct de conservation le commandait ? Le policier était-il en train de tomber dans un piège qu'elle lui tendait et maîtrisait-il mal son attirance pour elle ?

Franchement, la sagacité de Martineau était prise en défaut et il se sentait en ce moment tout ému de ce qui lui arrivait. Cela faisait tellement longtemps qu'il n'avait pas dîné en tête à tête avec une femme !

– Je pense en effet que vous en aurez plus besoin que moi, pour votre enquête par exemple, c'est celle de la maison d'Olivier, évidemment.
– Évidemment ! répondit Yvan, songeur.

Il était un peu déçu. Il ne s'imaginait tout de même pas qu'elle allait lui confier sa propre clé dès leur première rencontre. Ce n'était sûrement pas son genre. Quant à celle d'Olivier, elle lui serait effectivement utile.

Quant elle se leva pour aller aux toilettes, il en profita pour payer la note et ils sortirent dans le froid. Yvan lui offrit son bras et il nota qu'elle rechercha la chaleur de son corps, ce qui acheva de l'émouvoir. Il passa son bras autour de sa taille et elle le regarda avec tendresse.

Elle habitait le quartier du « Petit Montmartre » ainsi nommé parce qu'il domine la ville. Martineau aimait s'y promener, surtout les soirs d'été quand la lumière adoucit les couleurs et que le rythme de la vie s'alentit. Il y avait là des venelles ombreuses et pittoresques dont on n'imaginerait pas la présence au sein d'une ville. Elles n'avaient pas de nom mais permettaient de découvrir la partie basse de la ville, vers la place de la Brèche. La végétation était luxuriante et apaisante. L'automne leur donnait des couleurs de rouille.

Sur le pas de sa porte, il l'attira vers lui et l'embrassa.

– Ce fut une bonne soirée, je vous remercie, mais je ne connais même pas votre prénom.
– Yvan !
– Ce n'est pas commun.

Il voulut entrer.

– Non, pas ce soir, mais nous nous reverrons, n'est-ce pas Yvan ? Vous m'appellerez.

Elle griffonna un numéro de téléphone et le lui tendit en l'étreignant une dernière fois. Elle avait changé de parfum…

De retour chez lui, le commissaire s'endormit rapidement et le visage et les yeux bleus de Thérèse traversèrent la paroi subtile de son rêve.

Ce qui agaçait Yvan, c'était les autres empreintes qu'on avait trouvées chez Olivier You. Elle étaient à demi effacées et on ne pourrait probablement rien en faire, mais quand même. Soit Thérèse n'avait pas dit tout ce qu'elle savait, soit elle ignorait la présence d'une ou de plusieurs personnes dans l'entourage d'Olivier. Qu'elle lui fasse la charité d'une visite de temps en temps pouvait paraître plausible, qu'elle espère être couchée sur son éventuel testament à défaut de l'être dans son lit, l'était sûrement davantage. La pitié à ses limites et n'est l'apanage que des gens véritablement désintéressés. Généralement ils portent la soutane ou le voile et cela ne semblait pas correspondre à la personnalité de cette énigmatique Thérèse.

Qu'Olivier ait mené une vie retirée derrière les murs de sa maison était une chose avérée, qu'elle ait été solitaire était beaucoup moins sûr ! Soit Thérèse cherchait à protéger quelqu'un, soit elle n'avait pas tout dit, soit simplement une partie du puzzle lui échappait aussi, par ignorance, tout simplement.

Une nouvelle visite à la voisine d'Olivier s'imposait.

Une enquête est rarement une partie de plaisir. La recherche d'un criminel à partir d'indices, parfois minces, constitue un combat qui dure parfois des semaines, voire des mois. Heureusement Yvan avait un don assez prononcé pour l'intuition, ce qui l'aidait un peu dans ses investigations. Il lui arrivait d'avouer son impuissance mais, le plus souvent, il finissait par trouver… avec l'aide de la chance et du hasard, tout dépend comment on désire nommer les choses.

Pour le moment, il était chez lui, à réfléchir sur ses morceaux de certitudes bien épars, avec au bout un corps sans vie retrouvé flottant dans une piscine, le sang chargé d'alcool et les poumons pleins d'eau. Ce n'était peut-être qu'un banal accident mais ces lettres anonymes, qui avaient cessé bizarrement, avaient déclenché une enquête judiciaire…

Sur ses genoux son chat ronronnait puisque, cette nuit, il avait décidé de rester en sa compagnie. Parfois il sollicitait des caresses en se lovant contre lui. Yvan passait alors sa main sous son menton, ce qui avait pour effet de lui faire tendre le cou.

Martineau aimait accompagner ses réflexions d'un disque qui déroulait ses accords en sourdine. Ce soir c'était Mozart, un morceau pris au hasard dans sa petite discothèque personnelle. De toutes manières, il ne dormait pas, à cause de cette enquête, peut-être aussi à cause de cette Thérèse qui occupait ses pensées. C'était toujours comme cela. C'était une sorte de drogue, l'envie de se faire mal, de se remettre en question, d'aiguiser sa curiosité, d'éprouver ses qualités de limier. Bref, il voulait encore une fois se prouver qu'il existait.

C'est qu'il y avait entre Olivier et lui au moins un point commun : la solitude. Le policier la combattait avec son métier et, apparemment, la victime avait choisi l'alcool. Quelque chose lui disait que c'était dans ce sens qu'il fallait chercher. Mais pourquoi ? C'était toujours cette même petite voix qui le guidait, mais qui bien souvent l'égarait. Il avait l'habitude ! Pourtant cette piste lui paraissait être la bonne.

« Alcool » ! Ô doux titre d'un recueil de poèmes d'Apollinaire, fée verte de Verlaine, de Rimbaud et de ces êtres inspirés et visités par le génie que furent les poètes, les peintres, refuge et cautère des solitaires et inspiratrice maudite des artistes qui y puisèrent leurs instants de folie, leurs meilleurs moments de création, mais aussi l'abrègement de leur vie. Oui, mais voilà, Olivier n'était rien de tout cela, simplement un poivrot qui essayait de se guérir de sa vie en la noyant dans un whisky venu d'Écosse qui lui ravageait le corps. Il s'était peut-être tout simplement suicidé. Il avait peut-être ce soir-là, donné un petit coup de pouce à la mort qui tardait un peu à venir ! Mais alors pourquoi ces lettres anonymes ?

*

Ce soir, il était resté un peu avec Thérèse pour quelques moments d'intimité mais avait préféré retourner chez lui, malgré l'envie qu'il avait de passer la nuit avec celle qu'il voulait continuer à vouvoyer à cause de l'enquête. Il avait donné l'excuse de son chat, mais franchement l'animal se moquait d'Yvan comme d'une guigne du moment que son assiette était remplie ! Il avait l'impression d'avoir manqué une occasion qui ne se reproduirait peut-être pas. C'était vraiment trop bête et il ne savait pas ce qui l'avait pris de remettre ainsi à plus tard une soirée intime avec cette femme qui lui plaisait. C'était à cause de cette enquête peut-être ou de la peur de découvrir quelque chose dans sa vie qui l'obligerait à se compromettre...

Le commissaire, son chat sur les genoux, écoutait la symphonie n°41, dite «*Jupiter*» de Mozart qui lui faisait toujours penser au roman de Boris Vian, «*L'écume des jours* », simplement parce qu'il avait lu pour la première fois ce livre en écoutant cette musique…

Ce n'était pas que cette enquête l'empêchât de dormir, bien qu'il ait reçu, dans la soirée, une nouvelle lettre anonyme dont l'analyse n'avait rien donné, mais cela commençait à le tracasser un peu. Le ronronnement de son chat avait sur lui deux effets contraires, soit il favorisait son raisonnement, son esprit de déduction, soit il finissait par l'endormir.

Par jeu, il avait demandé à l'animal ce qu'il pensait de tout cela et l'autre l'avait regardé et avait fermé ses yeux comme pour demander qu'on le laisse tranquille, pelotonné dans son giron. Il s'était fait une tisane et écoutait les mesures du divin Mozart qu'il connaissait par cœur au point qu'il les sifflotait et parfois dirigeait un orchestre imaginaire situé devant lui et dont il aurait été l'improbable chef. Pourtant, il n'avait jamais su déchiffrer une partition ! L'animal, effrayé par des gestes qu'Yvan voulait pourtant doux, se réfugia sous un buffet. Décidément, à l'inverse de son maître, il n'était pas mélomane !

Comme d'habitude, son chat, au moment de dormir ferait la comédie pour sortir et ne rentrerait qu'au matin. La douceur de l'arrière-saison qui était revenue permettait encore ses escapades nocturnes. Elles cesseraient bientôt avec l'hiver !

Tout cela semblait bien compliqué, cette mort apparemment naturelle, une banale noyade à la suite d'une soirée de libation, ces lettres anonymes qui reprenaient et indiquaient que tout cela n'était pas un accident, ces empreintes étrangères, différentes de celles de Thérèse.

Quand il était entré dans la maison, avec ses collègues, Martineau avait fait un tour sans trop savoir ce qu'il allait trouver, ni même ce qu'il cherchait. Il était allé naturellement autour de la piscine et avait noté des traces de pas sur le carrelage blanc qui l'entourait. Tout cela pouvait parfaitement être anodin. C'était juste quelques indices à peine perceptibles qui semblaient venir du mur mitoyen, des traces de terre à peine marquées comme imprimées par des pantoufles ou des souliers à semelles lisses. Elles appartenaient peut-être à un policier et n'indiquaient pas de direction particulière, juste un vague dessin de terre largement diluée par l'eau, disparue depuis avec la pluie qui était tombée. Il n'y avait pas prêté attention, mais cela ne l'avançait guère. Cela pouvait parfaitement être une trace de pas d'Olivier ou bien de sa dernière visiteuse… On ne pouvait même pas donner une quelconque pointure à ce soulier. Autour de la piscine, il y avait du carrelage blanc et les rares plates-bandes, droites et entretenues, étaient assez loin de l'endroit où Yvan avait remarqué les traces... A n'en pas douter, le colonel avait transposé dans son propre jardin et autour de sa piscine la beauté, par ailleurs discutable, des casernes !

C'était vraiment très mince et ce dossier ouvert sur la simple indication de lettres anonymes, dignes d'un mauvais roman policier, ne serait sans doute pas refermé aussi facilement que cela.

Le commissaire s'était promis de rendre visite aux voisins d'Olivier, les Gaurin, ceux qui habitaient derrière le mur mitoyen.

Il sonna d'abord à la porte. De hauts murs entouraient une maison apparemment assez récente, plus neuve en tout cas que celle des You. La porte de fer était pleine, de sorte qu'on ne pouvait voir de la rue le jardin qui l'entourait.

Une femme d'une soixantaine d'années vint lui ouvrir. Yvan présenta sa carte. Poliment, elle l'invita à entrer à cause du matin un peu frais. Une allée bétonnée et bien lisse menait à la porte d'entrée. Le commissaire remarqua l'absence de marches, chaque dénivellation était adoucie par un plan incliné et cette allée courait autour de la maison jusque dans le jardin qu'on apercevait derrière.

La femme devina les interrogations du policier sans qu'il ait besoin de les formuler.

– Mon mari est handicapé. Il est en fauteuil, c'est ce qui vous explique tout ce béton autour de la maison. Personnellement je préfère le gravier, mais dans ce cas il aurait dû rester à l'intérieur. L'hiver, cela n'a pas grande importance, mais l'été il aime faire le tour de la maison, c'est son plaisir.

– Et que lui est-il arrivé ?

– Une attaque qui l'a laissé paraplégique. Depuis, il insiste pour se débrouiller seul, enfin si on peut dire, refuse le fauteuil électrique et à la belle saison je l'emmène jusqu'à la Sèvre. Je m'en occupe comme je peux, ce n'est pas drôle tous les jours. Avant c'était un sportif, mais maintenant ce n'est plus pareil. En plus il est têtu et la maladie l'a rendu acariâtre, comme son père avant lui. C'est une vieille histoire de famille.

– Où est-il actuellement ?

– Dans le salon. Je lui ai installé un lit. Il préfère cela. Je vais le lever.

– Et vous vous occupez de lui ?

– Oui, ce n'est pas toujours commode mais il ne veut personne d'autre que moi.

– Cela ne doit pas être facile, il faut le soulever, je ne sais pas…

– Oh ! Il ne pèse pas lourd, mais quand même. Vous savez, moi, je suis une fille de la campagne habituée à l'effort physique. Mais je me fais vieille. Je commence à avoir mal au dos. Je crois qu'il faudra se résoudre à prendre quelqu'un, malgré le prix. Enfin, pour le moment c'est supportable !

– Vous avez su que M. You est mort ?

– Olivier You, oui, enfin j'ai lu le journal comme tout le monde. Il s'est noyé dans sa piscine, paraît-il ?

– Oui. Et qu'en pensez-vous ?

– Rien, il paraît qu'il buvait, surtout depuis la mort de sa mère.

– Et il s'y baignait souvent ?

– Apparemment jamais, mais comme nous ne le rencontrions pas, comme les autres d'ailleurs à Sainte-Pezenne, je ne saurais vous en dire davantage…

— Il recevait beaucoup ?

— Non. Enfin pas que nous sachions ! Vous savez, moi je m'occupe de mon mari, pas d'un voisin qui ne veut pas nous parler ! C'est vrai nous ne nous fréquentions pas. Il paraît que son père avait été militaire de carrière, c'était un sportif, la piscine c'était pour lui, à ce qu'on dit. Enfin moi je vous répète ce qu'on nous a raconté. A l'époque, nous n'habitions pas là, mais au centre-ville à Niort, une maison à étage, alors quand mon mari a eu son attaque, nous avons acheté ce terrain et fait construire cette maison adaptée à son handicap.

— Mais le soir de la mort d'Olivier You, vous n'avez rien entendu de particulier, je ne sais pas, une dispute ou quelqu'un qui se débattait dans l'eau ?

— Le soir, nous avons pris l'habitude de nous coucher de bonne heure.

Cette phrase qui évoquait Marcel Proust, que pourtant il n'aimait pas lire, laissa le commissaire un instant songeur.

— Mon mari prend des somnifères pour dormir et moi je regarde la télévision. Nous ne restons dehors que pendant les longues soirées d'été !

Elle quitta la pièce pour lever son époux. Par l'embrasure de la porte, il vit comment elle s'y prenait pour le mettre sur son fauteuil roulant. C'était vraiment une femme forte et pleine de dévouement pour son pauvre infirme de mari.

Ce matin Yvan était particulièrement de bonne humeur. C'était sans doute la perspective de revoir Thérèse qui le mettait dans cet état. Depuis longtemps il soignait le moment du rasage qui était devenu pour lui une sorte de cérémonie.[31] Il aimait se barbouiller le visage de cette crème à raser douce que le blaireau faisait mousser comme un blanc d'œuf monté en neige. Il adorait passer la lame acérée de son rasoir sur sa peau, alternativement dans le sens du poil qui chez lui était dur et poussait de tous les côtés puis à contre-sens pour obtenir une sensation agréable. L'odeur du savon à barbe lui rappelait tellement celui de son père et donnait à son visage, dont la peau commençait à devenir un peu flasque avec l'âge, cette impression agréable de fraîcheur et de douceur mêlées.

Ce qu'il aimait aussi c'était se regarder dans la glace et savoir qu'il n'avait rien à se reprocher, ni dans son métier, ni dans sa vie. « L'heure du rasage » représentait pour lui bien plus qu'un soin de toilette, c'était une sorte de rendez-vous quotidien avec sa conscience. Ce n'était pas qu'il était content de lui, mais, globalement il n'avait pas démérité et s'il avait

[31] Surtout depuis qu'il avait abandonné le rasoir électrique à l'occasion d'une enquête menée un peu malgré lui à Saint-Nicolas sur la Lhysse (Voir « *Vin de lune* »).

laissé filer un meurtrier au cours de certaines enquêtes c'était surtout parce que la hiérarchie lui en avait donné l'ordre ou parce que cela ne troublait ni la paix publique ni sa conscience.[32]

Ce matin, il soignait donc ses apparences parce qu'il verrait Thérèse dans la journée. Il l'avait appelée la veille.

Une chose le tracassait cependant. Cette réflexion de la vieille voisine d'Olivier You à propos des lettres anonymes, cette allusion aux dénonciations de la guerre. Il y avait sans doute quelque chose à chercher dans cette direction, mais quoi, la guerre était loin, oubliée et a priori il n'y avait pas de rapport. Olivier n'était pas de cette génération. Non, tout cela n'avait pas de sens et c'était sans doute ailleurs que la clé de cette énigme se trouvait, mais où ?

Pour le moment, la prochaine rencontre avec Thérèse occupait ses pensées…

---

[32] Voir « *La débredinoire* » ou « *Le bon Dieu sans confession* ».

Ils s'étaient donné rendez-vous rue d'Antes. De là on apercevait Sainte-Pezenne. Ce n'était pas à cause de l'enquête mais parce qu'il voulait partager avec Thérèse ce coin de la ville qu'il appréciait, et souhaitait faire avec elle quelques pas le long de la Sèvre. L'air était doux, le soleil encore chaud. Thérèse portait une robe de saison, de couleur claire, avait teint ses cheveux en blond et raccourci sa coiffure. Yvan lui en fit compliment en même temps qu'il se remémora les paroles de la chanson.

« *Plus bleu que le bleu de tes yeux*
Je ne vois rien de mieux
Même le bleu des cieux
Plus blond que tes cheveux dorés
Ne peut s'imaginer
Même le blond des blés ».

Lui restait fidèle à son jean un peu râpé et à sa veste de toile beige, comme si cette vêture était immuable. Il n'allait pas tarder à reprendre son vieux costume en velours côtelé et son pull-over à col roulé, comme chaque hiver. Face à la transformation de Thérèse, il en eut un peu honte. Ils descendirent à pied la rue de Bel-Air. On se serait cru à la campagne. D'un côté des maisons, de l'autre des haies qui offraient des baies d'automne. De grandes tiges sèches et graineuses attestaient la présence de roses trémières estivales. Un chat traversa rapidement devant eux et disparut dans un fourré où il devait avoir son passage coutumier. Il chassait sans doute les mulots.

– Je viens souvent ici. On voit bien le petit village de Sainte-Pezenne perché sur le coteau, sa petite église et son clocher caractéristique, la Sèvre en contrebas. Ce paysage me plaît et je viens ici pour me relaxer. Ce bourg fait partie de la ville de Niort, mais vu d'ici on a vraiment l'impression qu'il en est séparé par une frontière d'eau et de verdure.

– Seul ? interrogea Thérèse.

– Oui seul, évidemment, je suis un vieux célibataire, ou plus exactement un homme divorcé qui s'est enfermé dans la solitude. C'est comme cela, je n'y peux rien ! Thérèse, vous savez que vous m'intéressez !

– Oui, je vous vois venir !

– Non, ce n'est pas ce que vous croyez, encore que... Je suis enchanté d'être là avec vous. D'ordinaire il y a toujours un peu de monde, mais là nous sommes seuls.

– C'est vraiment un coin de verdure idéal, même si l'automne commence à jaunir et à dépouiller des arbres. Je ne le connaissais pas sous cet angle. Vous êtes niortais ?

– Non, j'y suis venu par hasard, ce serait long à expliquer, mais j'y suis resté et je m'y trouve bien ! Et vous ?

– Moi, c'est le travail qui m'a amenée ici, et...

– Et ?

– Et aussi un homme, rougit-elle, mais c'est une histoire que je préfère oublier. J'ai toujours ma vieille mère qui ne quittera jamais sa Normandie natale. J'irai la rejoindre quand elle me le demandera, je suis sa fille unique et je ne la laisserai pas seule. Pour le moment, je suis là. Mon travail, je l'aime toujours autant et ma patronne est devenue presque une amie, mais l'homme qui était mon compagnon s'est rapidement effacé de ma vie. Je suis venue ici par hasard, parce qu'il y avait une place de préparatrice. Je voulais surtout tourner une page. Mon ami avait des origines italiennes, c'est lui qui m'a appris à apprécier Paulo Conte. Nous avons au moins cela en commun !

– Cela et le reste, peut-être ? Je persiste, vous m'intéressez !

– Croyez-vous ? Est-ce bien raisonnable ?

L'allusion au chanteur piémontais lui évoqua les paroles d'une de ses chansons qu'il avait apprise par cœur :

« *Mentre un' altra estate passerà*
Libertà e perline colorate
Ecco quello che io ti daro
E la sensualità delle vite disperate
Ecco il dono que io ti faro
Donna que stai entrando en la mia vita
Con una valigia di perplessita.
Ah , non avere paura che sia gia finita
Ancora tante cose quest'uomo ti darà.»[33]

---

[33] « *Tandis qu'un été passera. Liberté et des perles colorées, voici ce que je t'offrirai, et la sensualité des vies désespérées, voici le don que je te ferai, femme qui entre dans ma vie, avec une valise de perplexités. Ah ! N'aie pas peur que ce soit déjà fini, il y a encore bien d'autres choses que cet homme te donnera* » - Gelato al limon [une glace au citron] Paolo Conte.

Ils s'engagèrent sur le pont de fer. Le silence était apaisant, à peine troublé par le bruit de l'eau et le chant des oiseaux. L'air était doux et évoquait cet « été indien » que la saison réservait parfois. Yvan fit allusion à la douceur de cette journée, mais Thérèse y préféra l'expression plus française de l'été de la Saint Martin.»[34]

– Le plus étonnant c'est qu'ici, dans ce décor bucolique et sauvage, nous sommes en ville.

– Eh oui, de là vient peut-être l'expression « Niort est une ville à la campagne » ?

– Peut-être, fit Yvan, en lui prenant la main.

D'évidence, en cet instant, il n'avait pas envie de disserter sur les caractéristiques de cette cité. Son esprit était ailleurs. Thérèse avait un profil très doux et sa peau était belle.

Les petites cabanes de pêcheurs mettaient une touche colorée dans ce décor, les cris des oiseaux qui troublaient le silence et le niveau du fleuve qui avait monté à cause des pluies récentes produisaient un léger gazouillis et de lentes ondulations d'herbes à la

---

[34] Cette expression (l'été indien) ne devrait effectivement s'appliquer que pour les États-Unis et le Canada. « L'été de la Saint-Martin » évoque la mort de Martin, évêque de Tours, le 8 novembre 937, à l'âge de 81 ans, à Candes – Saint-Martin, au confluent de la Vienne et de la Loire où il avait été arbitrer un conflit local. Les moines de Ligugé et de Candes se disputèrent alors sa dépouille. Dans la nuit, les Tourangeaux s'emparèrent du corps de leur évêque et entreprirent de la rapatrier dans leur ville en suivant le cours de la Loire. Pendant ce voyage, les rives du fleuve se couvrirent de fleurs blanches. L'expression « Été de la Saint-Martin » a été employée par Mme de Sévigné au XVII° siècle qui évoque cette légende et cette période de l'année qui correspond à un redoux avant l'hiver. Jean Ferrat en parle également dans une de ses chansons.

surface de l'eau. Yvan l'aurait bien entraînée sur le sentier qui borde la Sèvre, jusqu'à Surimeau où, le dimanche, de nombreux Niortais prennent plaisir à venir flâner, ou peut-être sur « le chemin de la mariée », plus haut dans le bourg. Selon la tradition la noce devait accompagner la jeune épousée sur ce sentier où elle devait danser sur une aire semée de thym et de serpolet pour s'assurer une nombreuse descendance. Il jugea que l'allusion aurait pu la gêner et que c'était peut-être un peu précipité !

Pour se faire valoir à ses yeux, Yvan lui expliqua que cette passerelle avait été construite vers la fin du XIX° siècle pour permettre aux militaires en garnison d'aller fréquenter les guinguettes sur l'autre rive, à Sainte-Pezenne, et d'aller conter fleurette à leurs maîtresses.

Thérèse marqua un temps et ne put réprimer un sourire.

– Quoi, vous voulez dire que vous et moi, à notre âge !

– Oh ! Il n'y a pas d'âge… Les choses évoluent, les temps changent. Bref ce n'est pas de cela dont je veux vous parler.

– Alors qu'est ce que c'est ?

– Votre réflexion, la dernière fois au restaurant.

– Quoi, j'ai dit quelque chose ?

– Oui, ce que disent tous les gens dans les affaires criminelles, que l'assassin a avec son crime des relations personnelles, presque charnelles.

– Je vois que vous ne perdez pas de vue votre idée. Au fait, j'ai dit cela, moi ?

– Oui, oui, je vous assure !

– Je n'ai pas fait attention. Je crois que c'est vraiment, comment dit-on, un lieu commun ! Vous savez, je ne suis qu'une simple employée, pas un policier, enfin une policière, je ne sais pas comment on dit ?

– Peu importe ! Mais ce que vous avez dit n'est peut-être pas faux !

– Ah bon ! Je vous aurais mis sur une piste ?

– Pas exactement. Enfin, c'est difficile à dire.

– Vous avez quand même une petite idée sur la question.

– Une petite, en effet !

– Enfin, je peux savoir ?

– Ah, secret de l'instruction !

– Mais enfin puisque ce sont mes propres paroles, je peux peut-être en dire d'autres, même sans le faire exprès et ainsi vous aider !

– Sans doute, après tout, nous sommes entre nous ! Dites-moi, les voisins d'Olivier, ceux qui habitent derrière chez lui, vous les connaissez ?

– Non, je ne les ai jamais vus. L'homme est paralysé et son épouse s'occupe de lui. C'est ce qu'Olivier m'avait dit mais ils ne se fréquentaient pas. D'ailleurs, Olivier ne fréquentait personne !

– A part vous !

– Oui, si l'on peut dire ! Mais cette femme doit porter une lourde croix avec son mari infirme ?

– Oh, Thérèse, nous avons tous une croix à porter !

– Peut-être !

– Certaines se voient et d'autres sont plus secrètes, mais chacune de nos vies est toujours un chemin douloureux, secrètement douloureux !

– Parce que vous croyez que la vie est belle ?

– Franchement non !

– A cause de cette croix peut-être ?

– Oui, entre autres.

– Et vous Yvan, votre croix, qu'est-ce c'est?

– Oh ! Ce serait bien long à expliquer et cela ne servirait à rien, ne l'allégerait pas pour autant, malheureusement !

– Pardonnez-moi, j'ai peut-être été indiscrète ?

– Non, non, c'est quelque chose comme un regret, un remords dont je ne parviens pas à me libérer.

– Et vous ne vous en libérerez qu'à votre mort ?

– Probablement, j'espère au moins qu'il n'y a pas une autre vie après celle-là. Si je dois aussi porter ce poids, cela deviendra insupportable. Et puis l'éternité, il paraît que c'est long !

– Ne vous moquez pas Yvan !

– Tiens, je croyais que vous n'aviez pas la foi !

– Je ne l'ai pas, enfin je ne l'ai plus, mais c'est un sujet sur lequel je n'aime pas plaisanter.

– Je ne me moque pas non plus, d'ailleurs j'ai failli être prêtre !

– Comme c'est bizarre, on ne dirait pas !

– Et puis, à force de réflexion j'ai fini par changer d'avis. Je suis devenu policier. De toutes manières, j'aurais été un bien piètre ecclésiastique. Je ne suis qu'un modeste flic, mauvais peut-être !

Ils marchaient maintenant sous la voûte un peu jaunie des arbres.

Martineau profita de cette transition inattendue pour revenir au sujet qui le préoccupait.

– Mais, le soir de sa mort qu'avez-vous fait exactement ?

– Oh ! Je vous l'ai dit. Nous sommes allés dans le salon, je me suis servi une tisane et lui s'est contenté de son whisky en prétextant une toux qui revenait souvent, mais rien de grave, pour donner le change sans doute !

– Mais, vous êtes sortis, je veux dire dans le jardin, autour de la piscine ?

– Non, non, nous aurions pu, mais nous avons laissé la porte-fenêtre ouverte et nous avons parlé.

– Il vous a parlé ?

– Oui, cela lui arrivait !

– « In vino veritas ».

– Pardon ?

– Rien, c'est du latin. Et qu'est ce qu'il vous a dit ?

– Oh, des choses sans importance et que je connaissais déjà, qu'il en avait assez de son travail à la banque, qu'il méritait mieux, que c'était un peu de sa faute mais qu'il méprisait ses collègues qui avaient intrigué pour prendre sa place. Vous savez, l'univers du travail est sans pitié !

– Oh, je sais ! Soupira Yvan, mais à part cela ?

– A part cela rien. Il disait souvent la même chose. Quand nous avons eu fini de boire, j'ai rincé ma tasse et il est resté dans son fauteuil. Il était déjà pas mal éméché. Je lui ai dit que je partais parce qu'une défection venait d'avoir lieu au dernier moment pour la visite des SDF, un collègue, bénévole comme moi, venait de m'appeler sur mon portable. Je lui ai donc demandé s'il avait besoin de quelque chose, s'il voulait manger. Il a fait signe que non et je suis partie.

– Un détail cependant ?

– Oui. Il prétendait avoir mal à la gorge, il toussait. C'était un peu vrai. Il avait une bonne santé générale, comme son père, mais négligeait de se soigner. Il prétendait que cela finissait par passer, surtout avec le secours de son whisky. Cela lui faisait au moins une bonne raison.

– Il était peut-être un peu comme moi, enrhumé en permanence. A cause de la région sans doute ?

– Peut-être !

– Alors c'était plutôt rassurant !

– Ah bon, pourquoi ?

– Cela pouvait sûrement être un rhume de cerveau.

– On pourrait dire cela ainsi, mais franchement je ne vois pas en quoi cela pouvait être rassurant !

– En ce que cela prouvait qu'il avait un cerveau !

Elle eut un air désolé.

– Oh ! Yvan, ce n'est pas drôle.

– J'aime quand vous m'appelez Yvan.

– C'est votre prénom.

– C'est même la seule chose que j'ai de bien en moi et j'aime qu'une jolie femme le prononce devant moi, et puis rassurez-vous, je n'ai pas voulu vous blesser avec cette remarque, c'est souvent ce que je dis à mon sujet quand je suis un peu enchifrené, ajouta-t-il en s'approchant d'elle.

Il l'attira vers lui et l'embrassa.

Après un temps le commissaire reprit.

– Il était vivant donc.

– Tout ce qu'il y a de plus vivant, un peu endormi par l'alcool, c'est tout !

– Et la porte-fenêtre était restée ouverte ?

– Non, je l'avais seulement laissée entrebâillée pour que la fraîcheur de la soirée le réveille un peu.

– Et la lumière ?

– J'avais laissé allumé le lampadaire qui est au-dessus de son fauteuil. C'était sa place préférée. Quand il était à jeun, c'est là qu'il aimait lire, comme son père avant lui. Olivier était un homme cultivé, d'une grande valeur, et qui gagnait à être connu. Je vous concède qu'il ne faisait cependant rien pour cela !

– De toute manière c'est toujours les meilleurs qui s'en vont, et qui s'en vont trop tôt. Alors moi je suis assuré de faire un bon centenaire !

– Pourquoi dites-vous cela ? dit Thérèse fâchée.

– Je ne sais pas, une prémonition, répondit Yvan, pensif.

– Soyez honnête, vous ne pensez pas ce que vous dites.

– Oui, c'est vrai. Sans faire de l'autosatisfaction, je fais ce que je peux, un travail de flic, certes, mais j'essaie de le faire honnêtement !

– Je suis sûre que oui, reprit-elle.

– Et au fait, vous le connaissiez bien Olivier ?

– Je le croyais, mais connaît-on vraiment les gens ?

– C'est juste !

– Mais cette place favorite, où était-elle exactement ?

– En face de la porte-fenêtre !

– De sorte qu'il pouvait voir la piscine !

– Oui, c'était la place favorite de son père. Il avait beau l'avoir peu connu, c'était là qu'il aimait s'asseoir.

Il disait que c'était comme s'il le sentait. Mais où voulez-vous en venir ?

– C'est simple, de sa place il pouvait parfaitement voir le mur qui le séparait du voisin.

– Vous voulez dire le paralysé. Oui, évidemment, mais je ne comprends toujours pas !

– Donc l'inverse était également vrai !

– Oui, évidemment, mais je ne vois toujours pas où vous voulez en venir. Je pense que ses voisins étaient couchés à cette heure ou que la femme s'occupait de son mari, de son repas ou de je ne sais quoi...

– Je veux dire que si quelqu'un savait qu'Olivier était seul dans la maison après votre départ c'était évidemment les voisins.

– Oui, enfin comme probablement tous les gens de Sainte-Pezenne. Tout le monde savait qu'Olivier ne sortait jamais, restait cloîtré chez lui après son travail et ses courses. Enfin, je vous rappelle qu'on l'a trouvé noyé dans sa piscine. Il a très bien pu se lever, son verre et sa bouteille dans les mains, vouloir aller prendre un peu le frais, tituber et glisser dans la piscine où il s'est fatalement noyé. C'est d'ailleurs ce qu'ont dit les journaux.

– Oui, sauf qu'il y a les lettres anonymes !

– Je suis comme vous, je voudrais bien savoir ce qui lui est arrivé. C'est vrai qu'on aurait pu le pousser, mais qui ? Et il faut en apporter la preuve et là cela vous regarde. Franchement si c'est cela que vous devez faire, je ne voudrais pas être à votre place.

– Je sais, c'est précisément pour cela que je vous en parle. Croyez-moi si vous le voulez, mais j'ai la conviction que l'enquête s'égare sur la piste de l'accident.

– Alors, je suis sur la liste des suspects !

– Oui, évidemment, à cause de vos empreintes, de votre présence chez lui le soir de sa mort, de votre absence d'alibi. Ne soyez pas ridicule, tout est contre vous et pourtant je crois ce que vous me dites, mais quelque chose m'échappe que je n'arrive pas à saisir, quelque chose qui est tout près de moi, mais que je ne parviens pas à comprendre ou à interpréter.

– Je vous donne ma parole que lorsque je l'ai quitté, il somnolait dans son fauteuil avec sa bouteille de whisky. Sinon pourquoi vous aurais-je parlé, pourquoi vous aurais-je donné ma clé ? Si on avait réussi à établir ma présence dans sa maison le jour de sa mort, cela aurait bien demandé des mois et sûrement personne n'aurait rien pu prouver, simplement parce qu'il n'y a rien à prouver. Je vous ai tout dit et moi non plus je ne crois guère à la version de la noyade et je veux autant que vous savoir ce qui s'est passé. Olivier était mon ami, je l'aimais bien, j'avais de l'amitié pour lui et je l'avoue, il me manque et je le regrette. Le simple fait qu'on ait pu l'aider à mourir me révolte. Il avait bien assez souffert comme cela, ne demandait rien à personne. J'espère que vous me croyez car je suis sincère.

– Bien sûr que je vous crois, sinon pourquoi serais-je ici avec vous à parler d'Olivier alors que nous pourrions nous occuper à autre chose.

Elle rougit un peu.

– Je sais que vous avez de la peine. J'ai vu un gros bouquet de fleurs fraîches sur sa tombe ce matin. C'est vous n'est-ce pas ?

– Qui voulez-vous que ce soit d'autre ? Sa mère, avec ses grands airs avait réussi à le couper de toute sa famille. Je crois qu'il n'avait plus que moi.

– Et vous continuerez d'honorer sa mémoire ?

– Évidemment, quelle question ? C'est bien le devoir des vivants de penser aux morts !

– Même s'il ne vous a rien laissé par testament.

– Cela m'est égal. D'ailleurs nous n'avions jamais parlé de ces choses. Je suis célibataire sans charge de famille, j'ai ce qu'il faut pour vivre et pour le reste, la vie, j'ai un peu tendance à m'en moquer. Quant aux richesses... Je vis seule et j'ai peu de besoins... La famille qui lui reste, si on la retrouve, paiera des droits de succession exorbitants... Non merci pour moi, je ne suis pas une traqueuse d'héritages ! D'ailleurs, si vous ne me croyez pas, arrêtez-moi, il y avait mes empreintes dans sa maison, toutes les apparences sont contre moi et je ne peux pas prouver qu'il était vivant quand je l'ai quitté, mais c'est pourtant la seule vérité que je connaisse concernant cette soirée.

– Allons, qu'allez-vous penser, bien sûr que je vous crois, mais je pense qu'il y a autre chose, c'est tout, et je ne parviens pas à savoir quoi !

– Alors demandez le concours de vos inspecteurs, je ne sais pas, moi.

– Non, j'ai pour principe de travailler toujours seul et je fonctionne beaucoup à l'intuition. Si vous voulez, c'est la vieille école, maintenant on fait autrement, sans pour autant obtenir de meilleurs résultats ! D'ailleurs mes collègues ont cherché partout et n'ont rien trouvé. S'il n'y avait pas ces lettres anonymes et la décision du juge, nous nous en serions tenu à la version de l'accident. Mais revenons à cette soirée. La configuration de la maison fait qu'on ne peut pas accéder à la piscine sans passer par la partie habitation.

– Oui. La partie réservée à la piscine est entourée de murs assez hauts et il n'y a pas d'allées sur le côté de la maison. Il n'y a pas eu de trace d'escalade ?

– Non. Et quand vous êtes partie, vous avez fermé à clé.

– C'est cela même. J'ajoute que tout le temps que j'ai été avec lui, la porte d'entrée était fermée à clé et que les fenêtres et les volets du jardin de devant étaient clos. Je l'ai vérifié. Olivier laissait rarement ouvert devant.

– De sorte qu'après votre départ, personne n'a pu entrer dans la maison.

– C'est juste. A moins, bien sûr que quelqu'un d'autre ait eu une clé !

– Croyez-vous cela possible ?

– Franchement non !

– Pas d'autre femme, un homme peut-être ?

– Oh, Yvan !

– Tout est possible. Et il est également possible que quelqu'un se soit introduit dans la maison et y soit resté caché pendant que vous y étiez pour ne sortir de sa cachette qu'après votre départ.

– Là, je ne sais pas, mais franchement Yvan, vous divaguez. Il n'y avait rien à voler chez lui, enfin, je ne comprends toujours pas où vous voulez en venir !

– En effet, mais je pense à ces lettres anonymes et à la réflexion de sa vieille voisine d'en face !

– Oui, et alors ?

– Quand je lui ai parlé de ces lettres anonymes, elle a fait allusion à la guerre quand les gens dénonçaient leurs voisins aux Allemands pour des motifs souvent inavouables.

– Et alors, la guerre est finie depuis longtemps, que je sache !

– Ah ! Ça oui, mais les vieilles habitudes sont restées...

– Peut-être, mais cela n'explique toujours pas pourquoi on s'en serait pris à lui.

– Voyez-vous Thérèse, depuis que je fais ce métier, j'en ai appris davantage sur l'espèce humaine que dans tous les livres que j'ai pu lire.

– Et alors ?

– Et alors, si on a pris la peine de m'envoyer à moi personnellement ces lettres anonymes, il y a une raison qui dépasse la simple dénonciation pétainiste. Celui qui a fait cela doit avoir une bonne raison d'agir ainsi et doit être convaincu comme moi qu'on a camouflé un meurtre en accident. Mais pourquoi ?

– Bon, il faut que je vous dise quelque chose.

– Vous ?

– Oui, moi.

Elle marqua une légère pause, prit une grande respiration ...

– Rassurez-vous, c'est sûrement sans importance.

– Voyons toujours. Vous n'allez quand même pas m'avouer que vous l'avez tué !

– Vous, au moins, vous suivez votre idée. Elle devient même une véritable obsession. Ce que je vais vous dire n'a sûrement aucune importance mais depuis qu'Olivier s'était mis à boire, c'est-à-dire depuis le décès de sa mère, je m'arrangeais pour lui administrer de la codéine.

– De la codéine, mais pourquoi ?

– Comme vous le savez sans doute cela fait dormir, surtout associé à l'alcool ! C'était tout ce que j'avais trouvé de mieux pour qu'il boive moins. Au moins quand il dormait, il ne buvait pas ! Il toussait un peu, une espèce de toux chronique, mais refusait de se soigner. Pour cela il me faisait confiance et ne voulait pas entendre parler de médecin. Son père était comme cela ! J'avais fini par le convaincre de prendre ce médicament, mais par prudence, je ne lui laissais pas la bouteille de sirop. La codéine est certes un antitussif, mais quand il est associé à l'alcool, il est fortement déconseillé de prendre sa voiture.

– Effectivement, dans son armoire à pharmacie, il n'a pas été trouvé ce genre de médicament. C'était sans doute une sage précaution. Cela explique les traces qu'on a découvert à l'autopsie...

– Probablement. Olivier n'était pas un fou du volant, mais il prenait sa voiture pour aller travailler, pour faire ses courses... Je ne voulais pas prendre le risque de lui laisser cette bouteille.

– Et ensuite, quand vous lui aviez fait absorber ce médicament, vous restiez avec lui ?

– Oui, généralement je l'aidais à se mettre au lit. Je ne partais que lorsqu'il était endormi.

– Et le soir de sa mort ?

– Bizarrement, ce soir-là je n'en ai pas eu le temps, je devais remplacer quelqu'un au pied levé dans le cadre de mon activité bénévole.

– Oui, votre action en faveur des SDF.

– Oui, c'est cela, je suis donc partie plus tôt, mais c'était exceptionnel. On m'a appelée sur mon portable.

Tout cela a été un peu précipité. D'ordinaire j'attends qu'il s'endorme, je ferme tout et je pars, mais ce soir-là, cela s'est passé comme je vous l'ai indiqué.

– C'est sans doute ce qui explique la cuillère sur l'évier ?

– Oui, je l'ai rincée, comme ma tasse.

– Mais où preniez-vous cette codéine ?

– Allons commissaire, la codéine se délivre en pharmacie, sur ordonnance, mais moi, je vous rappelle que je suis préparatrice.

– Comment, vous voliez cette substance ?

– Sûrement pas. J'en avais parlé à ma patronne et nous récupérions des médicaments sur le point d'être périmés, qu'on nous rapportait à la pharmacie et qui étaient destinés au tiers-monde. La posologie est sur les boîtes de sirop, il suffit de savoir lire. Et cela marchait. De toute manière, il ne tenait pas bien le coup. C'est franchement tout ce que j'ai pu trouver pour limiter sa consommation d'alcool.

– Il y a bien des ligues anti-alcooliques.

– Cela se voit que vous ne le connaissiez pas ! Pour la codéine, venez me voir demain à la pharmacie et vous parlerez à ma patronne. Elle vous confirmera en tous points ce que je vous ai dit. Elle non plus n'a pas eu beaucoup de chance avec les hommes !

– Je ne le ferai pas, vous le savez bien. Je vous crois Thérèse.

– Non, j'exige que vous vérifiiez mon témoignage. Demain vous viendrez à la « Pharmacie niortaise » où je travaille. J'annoncerai votre visite à ma patronne, disons, pour 10 heures. Et n'allez surtout pas croire que je vous cache quelque chose. Elle corroborera mes dires mais j'exige, vous entendez Yvan, j'exige que vous veniez demain à l'officine. Tout ce que je veux c'est vous aider, rien de plus. Quand j'ai vu des policiers devant la maison d'Olivier, j'ai tout de suite compris que les journaux étaient mal informés, ou ne disaient pas l'exacte vérité. Moi aussi, je partage vos soupçons !

– Effectivement le légiste a trouvé des traces de codéine, mais le plus étonnant était qu'on n'ait pas retrouvé d'emballage !

– Cela s'explique comme je viens de vous le dire. La dose était assez forte pour le faire dormir mais malgré tout assez minime. Le seul but était de l'empêcher de trop boire.

– Cela ne change rien, il y a vos empreintes, mais quand même, cela m'ouvre des horizons nouveaux.

– Ah bon ! Lesquels ?

– Supposons que quelqu'un vous ait vue lui administrer le sirop, il savait donc qu'Olivier allait dormir.

– A condition de savoir qu'il s'agissait de codéine et que son association avec l'alcool allait provoquer le sommeil. Franchement Yvan, et sans vouloir vous offenser, je vous croyais plus fin limier. Non seulement la piscine est entourée de hauts murs, mais quand Olivier a absorbé la codéine, j'étais dans la maison à l'abri de tous regards. Olivier me faisait confiance et ne discutait pas.

– C'est juste, mais, de tous les regards dites-vous !

– Assurément ! A moins d'être comme je ne sais quelle divinité qui avait le pouvoir de soulever les toits pour voir ce qui se passait dans les maisons, je ne vois pas qui aurait pu surprendre mon geste.

– Réfléchissons un peu. Où étiez-vous quand vous lui avez administré la codéine ?

– Olivier était assis dans son fauteuil, près de la porte-fenêtre.

– De sorte que vous vous trouviez devant la piscine.

– Oui, en effet, mais je ne vois toujours pas !

– Voyons, qui y a-t-il devant cette porte-fenêtre ?

– Un mur !

– Un mur en effet, mais pas n'importe quel mur ! Qui habite derrière ce mur ?

– Eh bien le voisin paralysé ! Ah ça alors, je n'y aurais pas pensé ! Ce serait donc ce pauvre homme cloué dans son fauteuil roulant qui aurait escaladé ce grand mur qui doit faire au moins trois fois votre taille et qui s'en serait pris à Olivier. Franchement Yvan, il vous faudrait prendre des vacances. Tenez, je vous accompagnerai où vous voudrez, dit-elle en lui donnant un baiser, mais de grâce reposez-vous ! Encore une chose qui me vient à l'esprit, elle est sans importance sans doute...

– Dites toujours.

– Je crois qu'Olivier tenait, comment dit-on, une sorte de carnet. Pas vraiment un journal intime, mais il y mettait ses préoccupations, ses joies, ses peines…

– Et vous l'avez lu ?

– Sûrement pas, c'est bien trop personnel. Si vous le retrouviez cela pourrait sans doute vous éclairer.

– Je vais voir. C'est bien que vous m'ayez dit cela.

Ils avaient marché ensemble sous les arbres, le long de la Sèvre. En raccompagnant Thérèse, Yvan dut bien admettre qu'il avait un peu trop d'imagination.

Le soir, il avait invité Thérèse dans ce restaurant italien où il avait dit avoir ses habitudes. La municipalité commençait à installer les décorations qui illumineraient les rues pour le fêtes de fin d'année. Assis en face d'elle, il avait eu tout loisir de se perdre dans le bleu de ses yeux, d'admirer la légère pigmentation de sa peau, la blondeur de ses cheveux ondulés, son apparente fragilité, le délicat effluve de son nouveau parfum... Les paroles de la chanson d'Édith Piaf revenaient à sa mémoire.

« *Lorsque je lève les yeux,*
Je rencontre tes yeux
Et je me dis Mon Dieu
C'est vraiment merveilleux, tant de bleu.»

Plus que jamais Thérèse incarnait pour lui la beauté des femmes qu'il admirait tant ! Il l'avait devant lui et l'image n'était plus fugitive comme celle des passantes qu'il avait l'habitude de croiser dans la rue. Il n'était plus ce pauvre homme torturé par la solitude, mais un autre, bouleversé par la chance qu'il avait d'être en compagnie d'une dame que maintenant il chérissait et dont la seule présence le troublait. Il entremêla ses doigts aux siens, fut frappé par la délicatesse de ses poignets, la finesse de ses phalanges. Face à elle, il n'était plus qu'un balourd muet d'admiration qui cherchait ses mots et avait soudain le sentiment de n'être rien d'autre que quelqu'un qui vit un moment exceptionnel, merveilleux mais fuyant. Ce fut une soirée d'autant plus inoubliable qu'elle se termina chez elle. Il était loin de cette enquête qui pourtant le tourmentait parce qu'elle y était mêlée. Il aurait voulu retenir longtemps la magie de ces instants qu'il avait depuis longtemps oubliés. Il était de nouveau amoureux !

Comme elle le lui avait demandé, Yvan se présenta le lendemain à la pharmacie où travaillait Thérèse. Dans son bureau, sa patronne confirma, hors la présence de son employée, et en tous points, les dires de sa préparatrice, allant même jusqu'à préciser que c'était elle qui lui avait donné l'idée de cette manière d'opérer pour limiter la consommation d'alcool de son ami.

– Mais j'ai cru comprendre qu'ils n'étaient pas amis.

– Cela dépend de ce que vous entendez par ami, commissaire !

– Je veux dire…

– Je vois, fit-elle, vous voulez dire que Thérèse serait capable de battre à Niort?[35]

[35] La locution est attestée vers 1900 chez Bruant et chez le malfaiteur lyonnais Nouguier. « Battre » y a un sens argotique de simuler, feindre, comme dans « battre le Job » et « battre la dingue », faire le niais, simuler la folie... Les deux formes, « Battre Niort » [Bruant] ou « Battre à Niort » étaient en concurrence mais c'est la seconde qui a prévalu. Cela s'explique sans doute par attraction avec l'expression synonyme plus ancienne « Aller à Niort » attestée au XVII° siècle [Oudin] et au début du XIX° siècle chez Vidocq. Dans ce contexte, elle est suivie d'un nom de lieu et marque l'intention. « Un petit rase-bitume comme moi, estropié et sans force, cassé ! Du reste Zizi a toujours battu à Niort en ce qui me concerne ». [A. Sarrazin – La Cavale p. 167]. « Il bat à Niort, nie l'évidence ». [A. Boudard – Cinoche p. 210] – Dictionnaire des expressions et locutions figuratives – Robert p. 635.
La nouvelle République [23/9/1990- Chronique de Théoprasque] avait rappelé le sens de cette expression.
Comme d'autres locutions telle que « Prendre les chemins de Niort », celle-ci joue sur le consonance du mot « Niort » avec le verbe nier.

– Battre à Niort ? Je ne connais pas l'expression.

– Feindre, simuler si vous préférez. Non vraiment ce n'est pas son genre. Si vous voulez sous-entendre qu'ils auraient pu être amants, je peux vous assurer qu'il n'en était rien. Thérèse me parle beaucoup. C'est plus qu'une employée, presque une amie. Elle passe certaines de ses soirées à secourir les pauvres qui n'ont pas de quoi manger. C'est un engagement altruiste parfaitement respectable. Elle a seulement pris en pitié cet homme qui n'était rien d'autre qu'un malheureux, à sa manière. Tout ce qu'elle a fait, elle l'a fait pour son bien. Malheureusement j'ai lu dans les journaux qu'il s'était noyé dans sa piscine… D'avoir trop bu probablement.

– Ou d'avoir trop dormi ?

Elle marqua un temps d'arrêt.

– Non, sûrement pas avec les doses administrées.

– A propos de doses, votre employée n'aurait pas pu en mettre plus que de raison, je veux dire...

– Non, sûrement pas, c'est une bonne préparatrice vous savez, elle connaît son métier et si vous voulez insinuer qu'elle aurait pu le faire exprès, je vous garantis bien que non. Thérèse est une femme de bien, pas une criminelle. Ce qu'elle voulait, c'était qu'il boive le moins possible, qu'il guérisse peut-être...

– A votre avis ce ne serait donc qu'un accident.

– Oh ! Moi, je ne suis pas chargée des recherches, j'ai simplement lu les journaux, c'est tout. Je ne savais même pas qu'il y avait une enquête.

– La routine, c'est tout.

– A propos, depuis quelque temps, j'ai noté qu'elle s'habillait mieux, qu'elle allait chez le coiffeur.

– C'est plutôt bien pour la clientèle, fit Yvan.

– C'est vrai, mais pas seulement. La mort d'Olivier You a été une épreuve pour elle, même si elle ne l'avouera pas, même s'il n'y avait rien entre eux. Si elle a décidé de changer de vie, je ne peux que l'approuver. Vous savez, je l'aime bien Thérèse.

– Cela se voit, dit le policier en prenant congé.

D'évidence les deux femmes avaient échangé des confidences.

Quand il sortit, Thérèse était en train de servir un client. Il lui adressa un léger sourire en guise de salut pour ne pas attirer l'attention.

Il était presque l'heure de la pause déjeuner. Yvan avait attendu sur le trottoir que Thérèse quitte son service. Quand elle sortit du magasin, elle l'aperçut et se dirigea vers lui.

– Je peux vous déposer si vous le voulez ou peut-être préférez-vous marcher un peu ou manger quelque chose ?

– C'est très aimable à vous commissaire, mais il est peut-être préférable qu'on ne nous voit pas trop ensemble pendant la durée de l'enquête.

– Vous avez raison, mais je peux quand même vous parler, pour l'enquête, évidemment !

– Soit, comme vous voudrez. J'avais prévu de rentrer déjeuner chez moi.

Thérèse faisait depuis peu de grands frais de toilette. Yvan lui ouvrit la portière de sa 4 L, mais il eut un peu honte de la rusticité de son véhicule.

– C'est votre voiture ?

– Oui, pourquoi, vous vous attendiez à mieux ?

– C'est étonnant !

– Pardon ?

– Je veux dire que j'aurais imaginé autre chose, enfin une autre marque !

– Oh, je sais ce que vous pensez, allez !

– Quoi ?

– Que c'est une voiture de bonne sœur ou quelque chose comme cela !

– Pas tout à fait !

– Oui, mais il y a tout de même un peu de cela ? N'est-ce pas ?

– Peut-être...

Thérèse monta dans la voiture au confort spartiate. Yvan mit une cassette de Paolo Conte. L'appareil se mit à distiller des notes un peu sombres du piano et des paroles qu'ils connaissaient à force de les répéter.

– Vous aimez cette musique ?

– Oui, assez.

– Je l'aime bien ce Conte, c'est avant tout un poète, même si je ne comprends pas tout, et même pas grand-chose. Les nuances de l'italien m'échappent un peu, mais j'ai toujours du plaisir à entendre cette langue, c'est une véritable musique.

Il avait choisi cette fois une autre chanson qui était presque une invitation.

« *Via, via, veni via di qui*
Niente piu ti lega a questi luoghi
Neanche questi fiori azzurri...
Via, via, neanche questo tempo grigio
pieno di musiche e di uomini che ti son piaciuti». [36]

---

[36] « *Allez, viens t'en d'ici. Plus rien ne te lie à ces lieux pas même ces fleurs bleues, allez, pas même ce temps gris chargé de musiques et d'hommes qui t'ont plu* ». [Via con me (Viens avec moi) – Paolo Conte]

En passant Place de la Brèche, Yvan fut bloqué aux feux assez longtemps. C'était la mauvaise heure et la circulation était loin d'être fluide. Machinalement, sa passagère se tourna vers la terrasse des cafés. Le temps était redevenu doux et quelques consommateurs courageux étaient en terrasse. Soudain elle prit fébrilement la main de Martineau et son visage trahit une impression de frayeur.

– Cet homme, là-bas, je l'ai vu quelque part !

– Oui, fit Yvan un peu distrait et surtout satisfait qu'elle se soit emparée de sa main, et après ?

– Je l'ai déjà vu quand je sortais de chez Olivier !

– Eh bien, c'est qu'il habite Sainte-Pezenne, voilà tout !

– Je ne crois pas, il ne m'inspire pas confiance. Je l'ai souvent croisé et je dois vous dire qu'il me fait peur.

– A ce point-là !

– Mais je ne plaisante pas, vous devriez voir de son côté.

Martineau qui était pourtant d'humeur badine finit par prendre au sérieux la panique de son amie.

– Bon, si vous voulez, mais il va falloir que je vous laisse là. Je vais essayer de le suivre. Après tout je ne veux pas faire mauvaise part à l'intuition, moi aussi, je fonctionne comme cela !

Thérèse était livide. Elle quitta le véhicule, terrorisée, et à longues enjambées, se fondit dans la foule de midi. Yvan la regarda partir et avec elle l'occasion de passer un moment agréable en sa compagnie. Qu'importe, ce n'était sans doute que partie remise !

L'homme devait avoir la soixantaine, peut-être davantage. Il était attablé devant un verre de bière vide. Il plia son journal et consulta sa montre, pas l'instrument qu'on porte habituellement au poignet mais un oignon accroché à sa ceinture par une chaîne métallique. Le mouvement qu'il fit pour connaître l'heure avait quelque chose de gracieux et de délicieusement désuet. De loin, il n'avait rien de particulier. Avait-il un rendez-vous galant, attendait-il quelqu'un d'important pour une affaire ou pour sa carrière ? Qui pouvait le savoir ? Il semblait bien inoffensif avec un chapeau qui avait dû connaître des jours plus fastes et un imperméable beige un peu fripé.

Il se leva de sa table et se dirigea vers la Place de la Brèche en se faufilant entre les voitures à l'arrêt. Il traversa derrière la 4 L du commissaire qui le suivit du regard et comprit qu'il avait dû garer son véhicule sur le parking. Le feu passa enfin au vert, libérant le flot des véhicules qui accélérèrent ensemble dans les vapeurs d'essence. Yvan tenta de se rabattre pour stationner sur l'emplacement réservé aux taxis, mais il n'y avait plus de place. Il finit par s'arrêter sur une case vide sur le côté de « la Brèche » et sortit de son véhicule. Par chance, il vit son homme de loin qui semblait chercher quelque chose, sa voiture peut-être ?

Le policier dévala les escaliers et pressa le pas dans sa direction en prenant soin de ne pas attirer son attention, mais, à cette heure, remarque-t-on les gens qui courent ? Il s'approcha suffisamment près pour le voir monter dans une Peugeot blanche dont il releva le numéro minéralogique sur son carnet. Il revint ensuite à sa voiture dans l'intention de le filer quand il sortirait du parking. En haut des marches, il chercha des yeux le véhicule clair qui se dirigeait vers la sortie, avec un peu de chance, il passerait devant lui et il pourrait ainsi le suivre.

Décidément, ce n'était pas son jour, la voiture fila en direction de la poste, c'est-à-dire dans le sens opposé et se noya dans le trafic. Ce n'était pas grave mais quand même, Thérèse tout à l'heure, lui maintenant ! Mais une rapide recherche fournirait au commissaire tout ce qu'il voudrait savoir sur cet inconnu qui lui tombait du ciel, à tout le moins le pensait-il.

Ce soir, Kiki, son chat, avait décidé de rester avec lui. Les nuits commençaient à être froides mais son épais pelage lui permettait de les supporter. Au lieu de se mettre devant la fenêtre comme d'habitude, il resta pelotonné dans son fauteuil favori, simulant le sommeil et la fatigue, mais observant son maître du coin de l'œil au cas où ce dernier aurait eu l'intention de l'inviter à sortir.

Quand il eut compris qu'Yvan voulait respecter sa volonté d'un soir, il se planta devant le réfrigérateur en émettant des miaulements longs et suppliants. Décidément cet animal avait un côté « cabot » ! Il sollicitait la portion de thon et la part de viande dont il raffolait. Martineau fit semblant de ne pas l'avoir vu et, d'implorants, ses « miaous » devinrent appuyés et même insistants et quand il approcha de la porte du grand garde-manger blanc, l'animal ne fut pas avare d'afféteries sur ses jambes et de regards aguicheurs. C'est que, lorsqu'il avait décidé d'obtenir quelque chose, il déployait des trésors de flagornerie pour parvenir à ses fins, une manière de dire qu'il fallait bien récompenser sa présence nocturne auprès de lui. C'était aussi un chat « bavard » qui savait faire connaître à son maître ses mouvements d'humeur par des bruits gutturaux caractéristiques qu'Yvan avait fini par savoir interpréter.

Quelques jours après, un samedi après-midi, Yvan se rendit à Sainte-Pezenne, espérant toujours un indice qui lui aurait échappé ou qu'un autre, providentiellement, viendrait se révéler à lui.

Les recherches menées sur l'inconnu de la place de la Brèche n'avaient rien donné de concret. La soixantaine, célibataire, représentant de commerce en vins et spiritueux, rien d'extraordinaire…

Cette fois, il n'alla pas chez la voisine d'en face, sans doute à cause de l'odeur, ni même chez les plus proches voisins d'Olivier You. Il marcha un peu au hasard dans le bourg et le clocher de l'église attira son attention. Il ne put pas entrer, fit le tour du bâtiment et se retrouva face au cimetière où ce pauvre Olivier reposait maintenant. Il aperçut Thérèse qui en sortait et s'approcha.

– Vous ici?

– Oui, j'ai déposé quelques fleurs sur la tombe d'Olivier. Je ne peux plus faire que cela maintenant et je crains bien que personne ne pense plus à lui à présent.

– Au fait, nous ne nous sommes pas revus depuis votre fuite de l'autre jour.

– C'est vrai, j'ai dû vous paraître ridicule, mais j'ai vraiment eu peur de cet homme. Je l'ai déjà vu ici, mais je ne sais pas, il me met mal à l'aise.

– Vous lui avez déjà parlé ?

– Non, mais j'ai croisé plusieurs fois son regard quand je sortais de chez Olivier.

– Comment était ce regard ? Menaçant, indifférent ?..

– Non, je dirais pesant, dérangeant... Vous avez appris quelque chose sur lui ?

– Non, c'est un représentant en vins et spiritueux, célibataire, habitant Niort. Rien qui permette de le mettre en garde à vue en tout cas !

– Tant pis, c'est sans doute mon intuition qui me joue des tours.

– Il va donc falloir que je me débrouille tout seul, que je fasse moi aussi confiance à mon intuition, lui dit Yvan sur le ton de la plaisanterie.

Thérèse se mit à rire de bon cœur.

– Tiens, puisque nous sommes là, je propose que nous fassions quelques pas.

– Pourquoi pas, admit Yvan.

Le temps était un peu frais mais la lumière était encore douce, malgré la saison hivernale qui s'installait.

Elle l'entraîna en contrebas du cimetière, sur un chemin pentu qui descendait vers la Sèvre. Martineau commençait à tisser des fantasmes dans sa tête. Après tout, depuis qu'elle le connaissait, Thérèse avait teint ses cheveux en blond, en avait modifié la coupe, avait abandonné ce tailleur gris qui la faisait tant ressembler à une religieuse. Elle était jolie et parfaitement désirable, et il était peut-être temps pour lui de se fixer enfin, d'oublier son éphémère mariage raté. Il avait bien droit à sa chance lui aussi !

Le chemin était abrupt, encombré de scolopendres et de graviers qui roulaient sous leurs pas. Thérèse s'agrippa à son bras. Le policier était aux anges. Ils arrivèrent rapidement sur un petit terre-plein où se trouvait un lavoir. L'endroit était bucolique à souhait avec les rayons de soleil encore chauds.

– Vous savez ce que c'est, n'est-ce pas ?

– Oui, c'est un lavoir, il y en avait un à Saint-Nicolas sur la Lhysse, dans mon enfance. Je pense qu'aujourd'hui il ne sert pas plus que celui-là. Autrefois, c'était le lieu préféré des femmes. Elles y faisaient la lessive mais aussi se livraient à des clabaudages... Regardez, on dirait une source dans ce renfoncement voûté.

Il voulut la serrer contre lui quand il entendit une voix derrière eux.

– C'est beau d'être amoureux !

Ils ne répondirent pas. C'était une inconnue entre deux âges qui leur avait adressé la parole.

– Vous voyez ces petites pierres au fond du lavoir.

– Oui, fit Yvan d'un air faussement intéressé, surtout désireux qu'elle les laisse un peu en tête à tête.

– Eh bien, on dit que ce lavoir, qu'on appelle ici le « lavoir des morts », pour la simple raison qu'il se trouve en contrebas du cimetière, a des pouvoirs miraculeux.

– Ah ! Lesquels ? demanda Martineau. Je sais que le Poitou est une terre de mystères et de légendes, à cause de sainte Pezenne sans doute…

– Peut-être ! Eh bien, chaque pierre représente un vœu qui a été fait par quelqu'un.

– Et cela fonctionne ?

– C'est sans doute comme le reste, il faut y croire mais ce que je sais c'est que pendant la guerre beaucoup de femmes dont le mari était prisonnier venaient ici faire un vœu. Certains sont revenus, d'autres pas !

– Pendant la guerre, dites-vous ?

– Oui, enfin, il faut dire que c'était une période troublée. La légende s'est un peu perdue mais on peut toujours dire que les cailloux que vous voyez ici sont autant de vœux formulés. Allez, je vous laisse ! Au fait, on dit que cet endroit porte également le nom de « Fontaine des amourettes », fit-elle d'un air entendu, mais en réalité elle est plus loin, à flanc de coteau. Vous devriez y aller, les sentiers de Sainte-Pezenne sont pittoresques.

Elle eut un petit sourire de connivence à l'endroit d'Yvan avant de s'éloigner.

– Eh bien, faisons un vœu, dit-il à Thérèse en lui déposant un baiser sur les lèvres… Mais surtout il faut le garder pour soi, sinon il ne se réalise pas.

Ils ramassèrent donc un caillou dans le chemin et ensemble le jetèrent dans l'eau claire et froide. Cela avait un peu des airs de « Fontaine de Trévi » en plus petit, en plus rustique et aussi en plus radin puisque ici c'était des pierres et non des pièces de monnaie qu'on lançait. Somme toute, cela convenait bien au commissaire.

Qu'est-ce que Thérèse avait bien pu souhaiter ? Faisait-il partie de son vœu ? Cela lui aurait convenu en effet !

Cette histoire de la « Fontaine des Amourettes » avait inspiré Yvan. Il invita Thérèse à s'y rendre. La voûte des arbres au feuillage jauni s'offrait en un sentier ombreux. En contrebas, on entendait des cris d'enfants. Ils se laissèrent porter par la magie du lieu, à cause peut-être de l'endroit où vint mourir la sainte. Ils passèrent devant une grotte à demi murée et Yvan évoqua la demeure d'un ermite qui y aurait vécu. Ils poursuivirent jusqu'à un petit édifice de pierre où gazouillait la source connue sous le nom de « Fontaine des amourettes ». Martineau fit allusion à la légende qui entourait ce lieu et qui lui avait été contée par l'homme qu'il avait rencontré au début de cette enquête.[37] Il bénit le hasard qui l'avait amené ici en compagnie de Thérèse. Ce fut une promenade amoureuse où le temps ne compta pas. Ils se retrouvèrent au lavoir, en contrebas du cimetière. Il s'en fallut de peu qu'il ne citât Montaigne : « *Les plus belles vies sont, à mon gré, celles qui se rangent au modèle commun et humain, mais sans miracles et sans extravagances* »[38] mais

---

[37] Une jeune fille était tombée amoureuse du fils du puissant seigneur de Surimeau. Ce dernier refusant le mariage, la demoiselle s'en vint mourir au lieu de leur rendez-vous, connu depuis sous le nom de « Fontaine des Amourettes ».

[38] Essais III, XIII.

il n'en fit rien, tout à son plaisir d'être en si heureuse compagnie.

– Au fait, j'ai lu dans les journaux que l'affaire était close. Je suis donc hors de cause.

– Pas tout à fait ! En réalité l'enquête n'est pas terminée et vous restez suspecte, mais seulement pour la forme. Il faut cependant que vous gardiez le silence sur ce détail. C'est très important, surtout pour vous !

– Il faut que j'entre dans votre jeu, en quelque sorte !

– Ce n'est pas un jeu, Thérèse, il y a eu un mort, ce mort était votre ami et il faut que je trouve le criminel !

– Je reste mise en cause !

– Oui, mais vous restez en liberté. C'est un arrangement avec le juge. J'ai réussi à le convaincre que vous n'y êtes pour rien simplement parce que je ne crois pas en votre culpabilité, c'est tout ! Nous avons simplement fait une communication à la presse indiquant sommairement que l'enquête de routine était close et qu'elle avait conclu à un banal accident, une noyade !

– Effectivement, il n'y avait que quelques lignes !

– Oui, mais elles n'ont pas dû échapper au meurtrier qui maintenant se croit hors d'atteinte. Il se peut donc qu'il se découvre ! Ma tâche ne va pas être facile. Nous devrons sans doute cesser de nous voir, pendant quelque temps, pour que je fasse toute la lumière sur cette affaire, et, bien entendu, dans votre intérêt.

– Oui, je comprends, lui répondit Thérèse, un peu déçue. Je ne peux même pas vous aider.

– Non, mais il faut bien que vous sachiez que personne ne croit en votre culpabilité, ni le juge ni moi. C'est quand même un point positif non ?

– En effet. Vous êtes un type bien, Yvan!

Elle l'attira vers elle et l'embrassa tendrement.

Depuis qu'il la connaissait, le corps des femmes n'était plus comme auparavant l'objet de fantasmes. Il n'était plus un simple admirateur comme avant mais maintenant un complice passionné. Elle existait sous ses mains et il la caressait...

Ils se séparèrent près du lavoir, à l'abri des regards. Thérèse reprit sa voiture garée près du cimetière et Yvan laissa passer quelques instants avant de reprendre la petite rue montueuse qui gagne le village.

Il avait mis son véhicule sur le parking de la salle des fêtes. Machinalement il repassa devant la maison d'Olivier. Tout était fermé et officiellement l'enquête était close. Il lui fallait maintenant échafauder une stratégie, hasardeuse quand même ! Il verrait bien et l'essentiel était que Thérèse soit mise hors de cause ! Au surplus, il lui restait à espérer que le coup de bluff du journal fonctionne et que la chance lui sourie. Cela faisait beaucoup de conditions car il savait qu'il ne faut jamais mésestimer un assassin. Celui-là avait manifestement bien préparé son coup, avait dû attendre longtemps avant de frapper sa victime et ne l'avait fait que lorsqu'il avait eu l'assurance de perpétrer un « crime parfait ». Le policier qu'il était avait beau se dire que cela n'existait pas, il devait bien admettre que cette affaire y ressemblait de plus en plus.

Il songeait certes à cela, mais surtout ses pensées allaient vers cette femme à peu près de son âge, pas vraiment jolie mais coquette et sérieuse, vraiment digne d'être aimée par lui. Elle avait même changé son apparence, pour lui peut-être ? C'était bien à elle qu'il pensait quand il monta dans sa 4 L sans vraiment faire attention aux autres véhicules garés sur ce petit parking. Il vit bien une Peugeot blanche qui lui évoqua un court instant celle de l'homme qu'il avait poursuivi Place de la Brèche, mais ses pensées étaient ailleurs, avec cette Thérèse qui pourrait bien être la femme qui, sans qu'il veuille l'avouer, serait peut-être celle que, inconsciemment, il avait cherchée toute sa vie. Il ne pensa même pas à consulter le petit carnet qui ne le quittait jamais dans ses enquêtes et sur lequel il avait griffonné à la hâte le numéro minéralogique du véhicule qui lui avait échappé. Il reverrait Thérèse bientôt, conviendrait avec elle par téléphone d'un très prochain rendez-vous. Cela seul importait en cet instant…

Il glissa une cassette de Paolo Conte, la même qu'il avait goûtée en sa compagnie et que, apparemment, elle aimait elle aussi, à tout le moins le lui avait-elle dit ! La clarinette et le piano s'élancèrent, en compagnie de la batterie, dans un boogie qu'il aurait aimé jouer, mais il ne savait même pas déchiffrer une partition et les instruments de musique n'étaient pour lui que de beaux objets dont il ne pouvait sortir que des sons approximatifs, sans intérêt particulier. Et puis il y a tant de bons musiciens !

Tout à sa rêverie et à ses réflexions personnelles, il mit son moteur en marche, sortit sa voiture du parking et, tout en accompagnant la musique d'un léger sifflement, reprit la direction de Niort. Passant devant la maison d'Olivier sans presque s'en apercevoir, il vit sortir de chez le voisin handicapé quelqu'un qui ressemblait de loin à l'homme dont Thérèse avait eu si peur. Il ralentit un peu l'allure et reconnut l'homme qui sortait par la porte du jardin.

« Il sera venu lui vendre quelque alcool », pensa-t-il !

Il continua sa route puis fit un demi-tour un peu plus loin pour le suivre. L'homme monta dans une Peugeot blanche, une 504, qui s'avéra être celle qu'il avait vainement attendue Place de la Brèche, le numéro d'immatriculation noté sur le carnet d'Yvan le confirma. Il le suivit de loin puis, à mesure qu'ils se rapprochaient de la ville, le trafic se faisant plus dense, il finit par le perdre. Peu importait, il connaissait son adresse mais il lui paraissait infiniment plus intéressant de vérifier quelques petites choses que de le suivre jusque chez lui.

Il demanda à l'un de ses officiers de police de faire un relevé téléphonique de cet homme et du voisin d'Olivier You. Ce n'était peut-être qu'un hasard, mais le fait de l'avoir vu sortir de chez Gaurin, lui donnait à penser qu'il pouvait y avoir une relation entre eux qui n'avait rien de commercial. Était-ce le vœu qu'il avait fait au lavoir qui commençait à se réaliser ? Était-ce la magie de cette région pleine de mystères qui opérait à nouveau ? Était-ce la relique de sainte Pezenne, quelques phalanges, qui lui désignaient le meurtrier ou tout simplement son imagination encore toute habitée par cette femme qui se mettait de la partie ? Qui pouvait le savoir en cet instant ?

Il rentra chez lui, reçut l'accueil toujours intéressé de son chat qui devait bien avoir une petite faim et téléphona à Thérèse pour s'assurer qu'elle était bien rentrée chez elle. Elle y était en effet et Yvan en profita pour relancer son invitation à dîner. Prudemment elle refusa, lui rappelant les impératifs de l'enquête. Il était peu opportun qu'on les vît ensemble dans un lieu public, en tête-à-tête pendant que les investigations policières n'étaient pas closes. C'était lui-même qui le lui avait dit et voilà maintenant qu'il oubliait ses propres recommandations ! Tout au plus obtint-il le droit de passer chez elle dans la soirée !

Était-ce ce fameux « démon de midi » qui le frappait lui aussi ? Il avait l'âge, c'est vrai, il l'avait même peut-être un peu dépassé, mais il avait toujours pensé, sans trop savoir pourquoi, que la vie l'en dispenserait. Il savait toujours, non sans raison d'ailleurs, qu'après toutes ces années de solitude, il était suffisamment détaché de ce genre de contingences.

Il avait beau se dire que Thérèse n'était plus très belle (lui ne valait guère mieux avec ses rides qui lui mangeaient de plus en plus le visage), qu'elle devait être acariâtre, vieille fille, qu'elle s'habillait, il n'y avait pas si longtemps, comme une bigote, il n'arrivait pas à se convaincre lui-même avec ses propres arguments. Il avait remarqué que depuis leur première rencontre, elle avait changé son apparence, avait adopté un léger maquillage et avait troqué ses vêtements tristes par des effets plus clairs, plus gais. C'était peut-être pour lui ? Qui pouvait le savoir ? Soit un courant de sympathie, et peut-être davantage, passait entre eux, soit elle était plus fine qu'il ne le pensait, avait quelque chose à lui cacher et était parvenue à le troubler pour mieux le circonvenir et ainsi se protéger.

Quant à sa soirée hebdomadaire caritative, il avait chargé un collaborateur de vérifier discrètement. Ce qu'elle avait dit était rigoureusement vrai ! Elle consacrait bien une soirée par semaine à l'action humanitaire et avait bien été appelée en catastrophe le soir de la mort d'Olivier. Son téléphone avait été mis sur écoute, mais cela n'avait rien révélé. C'était l'enquête, la routine, mais il s'en voulait presque d'avoir douté de sa parole ! Après tout, il se devait de faire son devoir, quoi qu'il lui en coûtât !

Quant aux recherches sur les communications téléphoniques, elles révélèrent des appels réguliers entre les deux numéros, celui du voisin d'Olivier et celui du représentant en vins. Les messages étaient généralement brefs, dont un avait été passé le soir du meurtre. Yvan eut l'impression qu'ils ne pouvaient se justifier pour des raisons uniquement commerciales. Il lui fallait dès lors parler de nouveau aux voisins d'Olivier de ce M. Michel Justin, c'était le nom de ce représentant en vins et spiritueux, et voir leurs réactions. Après tout, ils pouvaient avoir ensemble des relations amicales sans aucun rapport avec cet événement !

Ah ! C'est vous !

Au ton de la voix, Yvan jugea qu'il n'était pas le bienvenu.

– Je crois vous avoir dit ce que nous savons, enfin le peu que nous savons !

– On en sait toujours beaucoup sur ses voisins. Il y a peut-être quelque chose que vous avez oublié de me dire ou qui vous est revenu, ou qui va vous revenir ?

– Cela m'étonnerait !

Le ton n'admettait pas de réplique. Yvan entra quand même dans le jardin, presque en poussant la porte de force, ce qui laissa mal augurer de leur prochain entretien.

– Si vous le permettez, je voudrais jeter un œil dans le jardin !

– Je pense que je ne peux pas faire autrement ! lui répondit la femme d'un ton sec.

– En effet, reprit le commissaire un peu sur le même registre.

Il se dirigea vers le mur séparant la propriété d'Olivier You et la leur. Il était haut en effet, mais deux légères échelles en aluminium étaient posées au pied du mur.

– Et ceci ? demanda Martineau.

– Vous le voyez bien, ce sont deux échelles, elles me servent pour le jardin, pour les arbres fruitiers ou pour monter sur le toit. Elles sont légères parce que c'est moi qui fais tout ici !

– Et cela fait longtemps qu'elles n'ont pas servi.

– Oui, mais j'ai dû les déplacer il y a quelques jours pour balayer. Comme je vous l'ai dit, je me charge de tout, à cause de mon mari.

Le policier eut un geste d'acquiescement.

– Et votre mari ?

– Il s'est assoupi, toutes les allées et venues de ces jours derniers l'ont énervé. Je suis obligée de lui donner des somnifères !

Il examina les échelles, manipula l'une d'elle puis la remit à sa place.

– C'est bien ce que je pensais ! dit-il à voix haute.

– Ah oui ! Et que pensez-vous ? lui demanda la femme en le toisant.

– Tout cela se tient en effet !

– Attendez, vous pensez que c'est moi qui me suis servi de l'échelle pour regarder de l'autre côté ?

– Pourquoi pas ?

– Ah ! Parce que je n'ai que cela à faire sans doute ?

– Vous, ou une autre personne ?

– Mon mari peut-être ?

– Je vous en prie !

– Alors qui ?

– Au fait, vous connaissez M. Justin ?

– Le représentant ?

– Oui !

– Nous lui achetons un peu de vin, de temps en temps, c'est tout.

– Et à part cela, vous le rencontrez ?

– Non, et ce n'est sûrement pas avec nous qu'il fait fortune. Tout juste deux ou trois cartons de vin d'Anjou par an, et encore. Enfin c'est mon mari qui s'en occupe. Moi, je n'y connais rien !

– Et il est venu dernièrement ?

– Oui, il y a quelques jours, nous livrer notre commande, vous voulez vérifier ?

– Non, cela n'a guère d'importance. Autrement, rien ?

– Non. Il nous envoie toujours les tarifs de l'année, la commande se fait par téléphone, c'est toujours le même vin, un des seuls plaisirs de mon mari, puis il nous livre.

– C'est tout ?

– Oui, rigoureusement tout !

– C'est étrange.

– Qu'y a-t-il de si étrange ?

– J'ai la bizarre impression qu'il y a autre chose, mais je ne sais pas quoi, quelque chose que vous ne dites pas…

– Je ne peux tout de même pas inventer pour vous être agréable.

– Ce n'est pas ce que je vous demande, mais simplement la vérité.

– La vérité, mais quelle vérité ? Je vous ai déjà tout dit !

– Voyez-vous, madame, il se trouve que contrairement à ce que vous dites, M. Justin vous téléphone souvent, des communications brèves que je ne m'explique pas, mais qui ont sans doute une raison... Et le fait qu'elles soient brèves n'a rien de commercial.

– Peut-être mon mari ?

– Vous le sauriez, n'est-ce pas ?

– Peut-être, il m'arrive de m'absenter.

– Vous êtes-vous absentée le soir de la mort de M. You, très exactement vers vingt et une heures ?

– A cette heure, sûrement pas !

– Eh bien, il y a eu une communication téléphonique entre vous et M. Justin.

– Peut-être !

– Je vous en donne ma parole !

– Je dois en conclure que vous nous soupçonnez !

– Je le crains en effet !

– Mais enfin, tout cela n'a aucun sens.

– Cela en a pourtant un et je ne vais pas tarder à le découvrir ! Mais je crois que j'ai un peu abusé de votre temps.

– C'est possible en effet, mais ce n'est pas grave. Ce qui l'est davantage, en revanche, c'est que vous nous soupçonniez. C'est quand même drôle, moi, une pauvre femme avec son mari paralysé...

Yvan prit congé. L'air était encore doux comme souvent à l'arrière-saison. Il lui prit l'idée d'entrer dans la maison de You dont il avait gardé la clé. Il se rendit donc rapidement à côté de la piscine, derrière le haut mur qui séparait les deux maisons dans l'improbable espoir d'entendre quelque chose. Apparemment le mari n'avait rien perdu de la conversation que le commissaire avait eue avec son épouse. Martineau entendit de l'autre côté du mur des bribes d'un entretien nerveux. Le mari semblait affolé par la présence du policier alors que les journaux avaient déclaré l'enquête close. La femme, au contraire, lui conseillait de se calmer, qu'il n'y avait aucune raison de s'affoler, que tout cela n'était que de la routine et assurément sans importance pour eux ! Puis ils rentrèrent dans leur demeure et le silence s'établit.

Le policier entra dans la maison. Il promena son regard sur les meubles et ouvrit, au hasard, un des tiroirs du bureau.

—Tiens, tiens, se dit Yvan en s'emparant d'un carnet noir dont il feuilleta quelques pages, cela pourrait être intéressant !

Des feuilles de papier pliées en dépassaient. Il s'agissait d'une sorte d'agenda avec des notes manuscrites éparses.

Le lendemain, Yvan était à son bureau en train de réfléchir sur un dossier administratif de notation. Le planton l'appela par téléphone en lui demandant s'il voulait recevoir une femme qui désirait lui parler et que l'affaire était sérieuse. Noter les agents sous sa responsabilité avait une grande importance à ses yeux, puisqu'il ne voulait en aucun cas exprimer un avis subjectif qui aurait pu porter ombrage à la carrière d'un policier et peut-être aussi à sa vie. Cet exercice était toujours plein de difficultés pour lui et franchement il n'aimait pas cela !

Le gardien fit entrer la femme dans le bureau de Martineau. Levant la tête, il reconnut la voisine d'Olivier You et l'invita à s'asseoir.

– Je vous écoute, Madame Gaurin, fit le commissaire d'un ton assez froid, se souvenant de leur altercation de la veille.

– C'est que c'est difficile !

– Hier en tout cas les paroles vous sont sorties de la bouche assez facilement si je m'en souviens bien, lui dit Martineau un peu sèchement.

– C'est vrai, c'était aussi pour vous présenter mes excuses.

– Oh, ce n'était pas la peine de vous déplacer pour si peu, j'en entends bien d'autres dans mon métier, mais vous avez raison, la politesse n'a jamais fait de mal à personne, même à un policier !

– Bon, eh bien voilà qui est fait !

– Disons que j'accepte vos excuses, mais reconnaissez que ces communications téléphoniques à répétition entre ce représentant en vins et spiritueux et vous, surtout une le soir de la mort de M. You, peuvent m'amener à m'interroger, même si c'est pour rien. Cela fait partie de mon travail d'investigations, que cela vous plaise ou non !

– C'est précisément pour cela que je suis venue, auss !

– Je vous écoute.

– C'est simple, depuis que mon mari a eu son attaque, il est devenu aigri. Il s'est mis à boire et c'est le vin et l'alcool qu'il absorbe qui le font dormir et non des médicaments qu'il ne prend d'ailleurs pas. Avant, il était amateur de vins d'Anjou, maintenant il en est un consommateur régulier, d'où ces nombreuses communications téléphoniques avec M. Justin.

– C'est lui qui vous livre, m'avez vous dit.

– Oui, mon mari a préféré cela, c'est plus discret. Vous savez, les gens sont à l'affût de tout !

– De sorte que vous le connaissez bien maintenant !

– En fait c'était moi qui le connaissais avant. Nous habitions le même quartier à Niort.

– Vous pouvez donc lui faire confiance, question confidentialité, évidemment !

– Absolument !

– Et quel quartier habitiez-vous, je veux dire avant de vous marier ?

– Vers l'église Saint-Étienne, mon père travaillait dans une mégisserie et ma mère était gantière. Un peu comme tout le monde à Niort à cette époque. Nos parents travaillaient ensemble. La chamoiserie était une tradition niortaise et surtout une source de revenus pour bien des gens.

– Je croyais que vous m'aviez dit que vous veniez de la campagne !

Elle parut un peu embarrassée.

– Oui, enfin, pas exactement. Mes grands-parents avaient une ferme dans le Mellois où mes parents habitaient également et j'étais plus ou moins promise à un fils d'agriculteur. J'étais jeune à l'époque et, malgré mon âge, je puis dire que nous étions presque fiancés…

– Et puis ?

– Et puis mon père a trouvé cette place à Niort, s'y est établi puis, avec le temps, est devenu contremaître. Moi, je ne suis plus revenue à la ferme de mes grands-parents que très épisodiquement. A leur mort, elle a été vendue et mon petit fiancé était déjà marié avec une autre. C'est la vie !

– Bien, je vous remercie, j'espère que je n'aurai plus à vous déranger.

– D'ailleurs l'enquête est close à ce qu'ont dit les journaux.

– Elle l'est en effet, mais je devrai peut-être revenir sur les lieux. La routine !

– Mais M. You est bien mort noyé dans sa piscine ?

– C'est bien cela !

– Alors pourquoi une enquête ?

– La routine, la simple routine, rien de plus. Le dossier est maintenant considéré comme bouclé, c'est un accident, un banal accident domestique, mais, si vous le permettez, je vais faire prendre vos empreintes digitales, la routine, comme je viens de vous le dire, une simple formalité.

Son interlocutrice eut un geste de recul.

– Cela me paraît superflu puisque l'enquête est close.

– Certes, mais la routine, la routine, toujours elle.

Mme Gaurin parut peu convaincue mais tendit quand même, avec réticence, ses mains au gardien appelé par le commissaire.

– Bien, je ne vous dérange pas plus longtemps !

La femme se retira non sans laisser à Martineau une impression de malaise assez inexplicable. Cela passerait sans doute, et à bien y réfléchir si l'éclaircissement qu'elle avait donné s'avérait exact, il constituait une explication plausible. Il vérifierait quand même !

Effectivement, un contrôle inopiné révéla que M. Justin livrait régulièrement le voisin de M. You. Après tout, être alcoolique n'était pas un délit surtout que dans son cas, c'était plutôt une consolation.

Le soir même, il retrouva Thérèse chez elle. Ils étaient convenus d'une soirée entre eux. Yvan était tenu par le secret mais ne put s'empêcher de lui parler de son enquête d'autant plus qu'en l'état actuel de celle-ci, seule sa récente amie n'allait pas tarder à être inquiétée.

– Nous avons partagé la cuisine italienne, je vais vous faire découvrir un plat typiquement deux-sévrien.

Son attachement au département des Deux-Sèvres incluait l'aspect culinaire. Martineau raffolait du tourteau fromager, de la tarte au fromage, du préfou, mais Thérèse lui avait préparé une surprise sous la forme d'un « patatou », plat roboratif mais qu'elle avait su rendre agréablement goûteux. Elle avait mélangé la purée de pommes de terre, le fromage frais de chèvre, les œufs, la crème fraîche, le sucre et la farine. Tout cela faisait un mets agréablement odorant. Yvan, peu familier de ce genre de cuisine qui menaçait son tour de taille, mangea quand même de grand appétit. D'ordinaire il dînait plutôt d'une tranche de jambon, de quelques tristes pâtes ou d'une méchante omelette qu'il finissait par partager avec son chat.

– Je suis désolé, Thérèse, mais je crains que le juge ne prononce contre vous une mise en examen.

– Mais enfin, je n'y suis pour rien !

– C'est bien ce que je lui ai redit. Jusque-là j'ai obtenu votre maintien en liberté mais il faut se rendre à l'évidence, vous n'avez pas d'alibi, vos empreintes sont partout…

– Mais enfin ce n'est pas juste ! Je suis accusée alors que j'ai indiqué spontanément à la police tout ce que je savais…

– Vraiment tout !

Elle observa un silence lourd.

– En fait pas tout à fait !

– Il faut tout me dire, dans votre intérêt. Il faut absolument que je réussisse à apporter au juge une information de nature à vous disculper définitivement, vous comprenez ?

– Oui ! Vous vous êtes demandé qui avait bien pu vous envoyer ces lettres anonymes !

– Et je me le demande encore. Celui qui a fait cela a pris toutes les précautions d'usage. Il n'y a pas la moindre empreinte. Cela ressemble à un mauvais scénario de roman policier, mais c'est ainsi !

– Celui ou celle…

– Vous voulez dire que...?

– Oui, c'est moi. J'ai cependant pris la précaution de ne pas laisser de traces qui m'auraient dénoncée.

– Mais pourquoi ?

– Parce que dès que j'ai su qu'Olivier était mort, j'ai compris qu'il avait été assassiné !

– L'intuition féminine !

– Pas seulement.

– Dites-m'en davantage.

– C'est simple, je n'ai fait que répéter ce qui avait déjà été fait par d'autres bien des années auparavant.

– Je ne comprends toujours pas.

– A la mort du colonel, la mère d'Olivier a commencé à recevoir des lettres anonymes menaçant sa vie.

– Pourquoi depuis la mort de son père ?

– Je ne sais pas, l'auteur de ces lettres a peut-être eu peur du colonel, de son influence, de ses relations et a attendu sa mort pour se manifester.

– Comment avez-vous eu connaissance de ce détail ?

– C'est Olivier qui m'en a parlé. Il n'y accordait aucune importance. Sa mère ne l'en avait même pas averti. Il en avait trouvé une, froissée dans la poubelle et avait posé des questions... sans recevoir de réponse claire et satisfaisante. A la mort de sa mère cela a recommencé, menaçant sa vie à lui, mais il n'y a pas porté plus d'attention.

– Vous avez vu ces lettres ?

– Oui, une fois ou deux. Elles ressemblaient à celles que vous avez reçues.

– Il n'a pas averti la police ?

– Non, il refusait d'en parler, surtout parce qu'il ne savait rien de tout cela et qu'en fait il s'en moquait. Il croyait à l'œuvre d'un mauvais plaisantin, de quelqu'un qui aurait voulu lui faire du mal, mais sans véritable raison. Et puis, la police aurait classé l'affaire... Alors quand Olivier est mort, j'ai pensé que l'auteur des lettres avait exécuté son projet et c'est pour cela que j'ai écrit à mon tour en espérant qu'une enquête serait ouverte et qu'on découvrirait le coupable. C'est aussi pour cela que vous ne m'avez pas vue à l'enterrement d'Olivier. Je me doutais en effet que si une instruction était diligentée, celui ou ceux qui la mèneraient ne manqueraient pas de porter une attention particulière à l'assistance. Comme je savais qu'elle ne serait pas importante, j'ai jugé plus opportun de ne pas venir au service funèbre.

– Oui, je comprends, mais l'ennui c'est que le seul suspect que nous ayons actuellement… c'est vous !

– Je me rends bien compte de la situation dans laquelle je me suis mise, sans le vouloir !

– Il faut vous souvenir de ces lettres, il y a bien un détail qui vous a frappée dans le peu qu'Olivier a pu vous dire. Réfléchissez, je vous en conjure !

– La seule chose dont je me souvienne, c'est qu'Olivier m'a dit que les faits auxquels faisaient allusion les lettres anonymes que recevait sa mère avaient quelque chose à voir avec la guerre, mais aussi avec la réussite de son père. C'était sans doute la seule chose que la pauvre femme avait consenti à lui dire, en ajoutant sans doute que cela n'avait aucune importance...

– La réussite de son père peut-être, il y a toujours des jaloux, des envieux, mais la guerre ? Laquelle ? Le colonel en avait fait tellement !

– Je ne sais pas, il était question de la guerre, je n'en sais pas davantage !

– Moi, quand j'entends parler de « La guerre », il ne peut s'agir que de la Deuxième Guerre mondiale, reprit Yvan, mais je ne suis pas vraiment plus avancé.

– Bon, mettons ! Il faudra que je fasse sans mon intuition habituelle, parce que là...

Yvan voyait disparaître petit à petit la perspective d'une soirée intime avec Thérèse. Pourtant, il lui fallait tout faire pour la sauver.

Ils se séparèrent après un long baiser, Yvan lui promettant de se démener pour la disculper, et de commencer dès maintenant.

– Oui, dès maintenant, j'ai ma petite idée, mais croisons les doigts !

– Mon sort en dépend sans doute ?

– Je crois bien que oui et si vous passez devant une église mettez donc un cierge. On ne sait jamais !

– Allons Yvan, tout cela, ce ne sont que des stupidités, vous le savez bien. Mais je vais peut-être prier sainte Pezenne… Prier, cela fait tellement longtemps que cela ne m'est pas vraiment arrivé, là au moins ce sera pour moi !

Les rues étaient maintenant entièrement décorées de guirlandes et d'ampoules pour les fêtes de fin d'année.

Yvan dormit mal cette nuit-là, autant pour ne l'avoir pas passée comme prévu avec Thérèse que parce qu'un nouveau problème se posait à lui. Il aimait certes ce genre de défi où il se remettait en cause, mais là il y avait urgence. Il était dans une impasse, le juge ne laisserait pas longtemps son amie en liberté puisqu'elle était la seule que tout accusait et pourtant le policier savait bien qu'elle n'y était pour rien. Le magistrat qu'il connaissait bien n'accepterait jamais de clore le dossier comme cela. Les traces trouvées sur le cadavre d'Olivier et les autres empreintes laissées dans le salon n'étaient pas significatives, pas suffisantes pour orienter ailleurs ses recherches ou se prononcer sur une éventuelle culpabilité. Il lui fallait trouver une solution, il savait qu'elle était là, à portée de sa main ! Il lui fallait retourner chez You, avec cette fois l'impression qu'il allait trouver quelque chose de déterminant, mais il ne savait pas encore quoi !

Le sommeil ne vint que tard dans la nuit, il fut agité. Il vit l'image de Thérèse, le visage défait, condamnée sans avoir pu prouver son innocence, paralysée par son impuissance à faire la preuve qu'elle n'y était pour rien, un jury de Cour d'assises qui la condamnait à une lourde peine, un avocat général inflexible, un président intransigeant...

Il se réveilla mouillé d'une mauvaise sueur et avec un lourd mal à la tête.

Quand il pénétra dans la maison d'Olivier You, rien n'avait changé. Tout était resté en place. Lui avait simplement saisi un agenda dont l'examen ne lui avait rien appris, les annotations manuscrites étaient bien d'Olivier, mais cela n'apportait rien de significatif. Les investigations sur les communications téléphoniques de You n'avaient pas été plus fructueuses, quant à celles qui étaient passées régulièrement entre son voisin et ce mystérieux M. Justin, le représentant en vins et spiritueux, elles se justifiaient apparemment par l'alcoolisme pratiquant de ce pauvre infirme qui n'avait plus que cela pour supporter la vie ! Pourtant quelque chose lui disait que c'était là qu'il fallait chercher, qu'il y avait une relation entre ces personnages qui était autre que commerciale. Il y avait cette allusion à la guerre qu'Yvan supposait, peut-être à tort, être la Seconde Guerre mondiale… Mais, comment s'y reconnaître avec toutes celles qu'avait faites le colonel ? C'était peut-être là aussi qu'il fallait chercher !

Il resta toute la matinée dans la maison à fouiller un peu au hasard. Au grenier il trouva deux cantines contenant des uniformes impeccables qui sentaient la naphtaline. L'officier supérieur faisait honneur à sa qualité de militaire. Il avait lui-même classé ses décorations, les diplômes qui les justifiaient et des notes éparses sur certaines de ses campagnes. Il ne faisait aucun doute que si la mort ne l'avait pas fauché, il aurait écrit ses mémoires qui auraient été bien utiles au commissaire. Il devrait cependant s'en passer et quelque chose lui disait que ce n'était pas là qu'il découvrirait ce qu'il cherchait... S'il parvenait lui-même à le savoir !

Il savait au moins que les lettres anonymes qui avaient déclenché l'enquête avaient été envoyées par Thérèse elle-même, que ce procédé lui avait été inspiré par d'autres, que la mère d'Olivier, de son vivant, en avait reçues après la mort de son époux et n'en n'avait parlé à son fils qu'à mots couverts, invoquant la guerre, la jalousie, la réussite paternelle ou quelque chose dans ce genre. Olivier n'avait pas cherché à en savoir davantage, mais en avait quand même touché quelques mots à Thérèse, comme si les raisons invoquées lui paraissaient pour le moins douteuses. Tout cela était parfaitement plausible cependant, mais cette pratique, très en vogue sous l'occupation allemande, avait du mal à retenir son attention, même s'il admettait que de telles habitudes ont la vie dure. Décidément cela ne collait pas ! Pourtant il avait du mal à s'enlever cette idée de la tête même s'il en connaissait plus long sur la condition humaine que tout ce qu'on peut écrire dans les livres et qu'il était persuadé que la réalité dépasse bien souvent la fiction !

Il ne retrouva que quelques effets civils du colonel, conservés sans doute en souvenir, mais aucun bijou ni garde-robe féminine. Olivier avait probablement dû s'en défaire, peut-être pour tenter d'oublier cette femme qui avait tant pesé sur sa vie.

Il fouilla les secrétaires, les armoires, les commodes... Ses archives étaient correctement classées et les meubles ne contenaient que des vêtements d'Olivier ou étaient pratiquement vides. Seuls les souvenirs paternels avaient été conservés par ce fils, orphelin d'un père qu'il adorait et dont il avait souffert de l'absence. D'évidence la présence maternelle s'était faite trop oppressante pour lui, mais il avait gardé cette mère chez elle jusqu'à sa mort, refusant pour elle la maison de retraite qui lui aurait pourtant permis de vivre une vie plus agréable avec Thérèse dans cette maison. Après tout c'était sûrement là le geste d'un bon fils qui ne connaissait pas l'ingratitude !

La seule chose qu'il emporta fut le livret de famille, soigneusement rangé dans un tiroir. Il le mit presque machinalement dans sa poche, histoire de ne pas revenir bredouille. Mais qu'allait-il en tirer ?

Le commissaire explora la cave, le grenier, tout ce qui pouvait receler des papiers, des documents qu'on veut cacher... Il y passa toute la journée, oubliant de déjeuner et au soir, fourbu, il téléphona à Thérèse pour lui annoncer que malheureusement le secret restait entier. Elle en fut désolée et le policier voyait de plus en plus pour elle se dessiner les hauts murs d'une prison !

— Il doit bien y avoir un moyen ! répétait-elle au téléphone.

– Oui, sans doute, mais lequel ? reprit Yvan.

– Écoute Yvan, c'est toi le policier, tu connais ton métier, il faut que tu me sortes de là !

La voix était suppliante. Manifestement son amie voyait se resserrer autour d'elle l'étau qui allait la broyer et mesurait toute l'injustice de la machine judiciaire. Elle n'avait plus qu'Yvan pour seul rempart et le tutoiement spontané qu'elle avait employé à son endroit, contrairement à leurs conventions, en disait assez long sur son désarroi. Bien sûr que le commissaire ne révélerait qu'au dernier moment au juge que c'était elle qui avait envoyé ces lettres anonymes qui maintenant se retournaient contre elle. Il n'empêche que la liberté de Thérèse, durement négociée par le commissaire qui s'était porté garant d'elle, ne pouvait durer longtemps alors que tout l'accusait. La situation était désormais sans issue…

Il lui fallait réfléchir et réfléchir encore, désolé qu'il était de se révéler complètement incapable de faire quoi que ce soit d'efficace qui aurait pu être favorable à Thérèse. Il allait mal dormir, c'était sûr, mais qu'importait après tout, cette nuit, il la passerait auprès d'elle. Cela ne changerait rien à la situation et au moins aurait l'avantage d'apporter une pause agréable dans une situation de plus en plus insupportable. Thérèse accepta de le recevoir, bien qu'elle eût la tête ailleurs. Elle en oublia même sa distribution hebdomadaire de charité !

La soirée chez elle se voulut chaleureuse. Yvan fit ce qu'il put pour qu'elle pensât à autre chose, mais le cœur n'y était pas. Quand il voulut se mettre plus à son aise, Thérèse le débarrassa de sa veste et sentit dans sa poche quelque chose de rigide. Elle lui demanda ce que c'était.

– Rien, j'ai simplement pris le livret de famille, faute de mieux. J'ai déjà eu dans ma carrière des enquêtes où il fallait remonter loin dans le temps pour trouver une explication, bien simple au demeurant. Il suffisait d'y penser. Tiens, à propos, il y était aussi question de guerre, de la Seconde Guerre mondiale plus précisément.[39] Je l'avais presque oublié... Cela n'a sans doute rien à voir, mais en l'état actuel de mon enquête, compte tenu du peu d'éléments dont je dispose pour tenter de te disculper, je serais bien coupable si je ne tentais pas quelque chose en ce sens. Après tout j'aurai essayé !

– C'est vrai, on ne sait jamais.

– Je crois que tu viens de me donner une idée. J'ai bien fait de venir ce soir et je propose que nous ne parlions plus de cela.

*

C'était bien facile à dire. Il passa effectivement la soirée et la nuit chez elle. Il se demandait tellement comment il ferait pour mener ses investigations qu'il

---

[39] Voir « *Le Bon Dieu sans confession* ».

fut sans doute peu performant. Elle ne lui en voulut pas et espérait qu'il serait encore une fois bien inspiré, qu'il aurait de la chance ou que son incontournable intuition se manifesterait de nouveau. Son avenir immédiat à elle en dépendait !

En sortant de chez elle, le matin, il se sentait bien. Il commençait à faire un peu froid. On plongeait vers l'hiver et Yvan n'aimait pas cela. C'était plus fort que lui, il préférait le soleil, la chaleur et cette femme providentielle qui lui tombait du ciel l'aiderait sans doute à exorciser sa solitude. Il devait cependant la mériter, c'est-à-dire la sauver de la mise en examen que le juge ne manquerait pas de prononcer contre elle. Il se sentait soudain en charge d'une vie, de quelqu'un qu'il devait défendre, au besoin contre l'administration et le système, simplement parce que sa conscience le lui commandait et qu'il était sûr de l'innocence de Thérèse que pourtant tout accusait. Il avait bien pensé qu'elle puisse se servir de lui pour cacher une culpabilité éventuelle, mais il avait rapidement balayé cette idée comme étant une chose invraisemblable, inconcevable même ! Il ne doutait pas d'elle et cela faisait bien longtemps qu'une telle impression ne l'avait pas visité.

Le nom de jeune fille de « la colonelle » était Grimadot, Léonie Grimadot. Elle était née à Melle.

Il chargea un de ses collègues de chercher des renseignements sur cette famille. Il lui fallait gagner du temps. Comme il s'y attendait, son subordonné ne trouva rien.

Il lui vint cependant une idée. Cette histoire de lettres anonymes avait, à chaque fois qu'elle avait été évoquée devant des personnes différentes, fait naître la même référence aux dénonciations sous l'occupation allemande. Cela n'avait peut-être rien à voir mais il pouvait bien chercher en ce sens.

Il se rendit aux archives puis à la bibliothèque, demanda à consulter les journaux de l'époque où tous les procès étaient relatés parfois avec force détails. De telles investigations risquaient de demander du temps et il se refusait à solliciter de nouveau un subordonné. Pourtant, il eut de la chance dans ses recherches et au bout de quelques jours, il tomba sur un article assez important relatant la condamnation d'un certain Armand Grimadot, domicilié à Niort, convaincu de collaboration avec l'ennemi, et ayant appartenu à la Milice. Un des articles faisait allusion au démantèlement d'un réseau de Résistance dont certains membres avaient été fusillés, laissant à penser que Grimadot y avait pris une part active. A la Libération pourtant, il était resté à Niort, refusant de s'enfuir avec les Allemands vaincus et avait fait face à ses accusateurs, défendant devant le tribunal, non des convictions fascistes qu'il n'avait pas, mais un idéal anti-communiste sincère qui était le sien. Son avocat parvint à prouver qu'il avait sauvé quelques juifs sans rien leur demander en échange. C'était son uniforme de milicien qui avait permis à ces pauvres gens, dont l'un d'eux vint attester ses dires, d'échapper à une mort certaine. En outre, si on retint son engagement dans la Milice comme un fait impardonnable, son avocat insista sur le fait qu'il en démissionna cependant devant les exactions commises et qu'on n'avait jamais réussi a établir qu'il avait pris une part active et personnelle au démantèlement d'un réseau de Résistance. A cause de cela sans doute, il fut condamné à une légère peine de prison, assortie cependant d'une décision d'indignité nationale. De retour chez lui, il mena une vie discrète et mourut quelques années après, n'ayant pas admis qu'on ne comprenne pas son engagement personnel et ses convictions politiques.

Après la mort de son mari, Mme Grimadot mère était restée quelques années veuve puis s'était remariée, prenant donc un autre nom. Il restait à sa fille, encore jeune, à en faire autant et tout serait oublié. Quand, bien plus tard, elle rencontra le sous-lieutenant You, Léonie lui raconta que son père était mort de maladie quelques mois après la guerre et le futur colonel, trop heureux sans doute d'avoir trouvé, avec cette femme jeune et jolie, l'occasion de rompre une solitude qui commençait à lui peser, n'en demanda pas davantage.

Pour autant, cela n'expliquait rien et sûrement pas la mort de ce malheureux Olivier. L'inculpation de Thérèse devenait de jour en jour plus probable et Martineau obtint du juge un délai supplémentaire. Il ne savait pas pourquoi, mais ce fait nouveau qui lui avait été révélé lui semblait de nature à être exploré davantage. Les archives judiciaires étaient là pour pallier ce manque et ce ne fut pas sans quelque étonnement que le juge entendit Yvan lui demander la permission de les consulter.

Ce qu'il apprit le convainquit que la mort d'Olivier You était bel et bien un assassinat. Dans les pièces du procès étaient détaillées diverses accusations qui avaient été portées contre Armand Grimadot et notamment les noms de ceux qui avaient été fusillés suite à une dénonciation à laquelle il aurait participé, même si ces faits n'étaient pas prouvés. Parmi eux figuraient deux noms, l'un lui était connu, Justin, et l'autre ne lui disait rien. L'essentiel était qu'il venait de comprendre quelque chose ! Il vérifia le nom de jeune fille de Mme Gaurin, se rendit chez le juge et téléphona le soir même à Thérèse pour la rassurer.

Elle ne dormait plus qu'avec une bonne dose de somnifères !

Quand il sonna à la porte, Mme Gaurin était occupée à jardiner malgré le temps un peu frais. Elle ne fut pas précisément charmée de le rencontrer de nouveau.

Le commissaire avisa dans le local à poubelles un carton vide qui avait contenu des bouteilles livrées par M. Michel Justin. Son nom figurait sur une étiquette. Sans quitter ses gants, il s'en empara et le tendit à un officier de police, également ganté, qui l'accompagnait. L'autre disparut avec. Quelques instants après, on entendit une voiture démarrer avec un bruit de sirène.

– Encore vous ! et puis, ne vous gênez pas !

– Puis-je vous voir quelques instants ?

– Pourquoi encore ?

– Pour l'affaire d'à côté, ce ne sera pas long !

– Mais je croyais que l'affaire était close depuis longtemps !

– Elle l'est en effet, mais depuis aujourd'hui seulement !

– Je ne comprends pas !

– C'est pourtant simple. Avant tout votre mari dort-il ?

– Oui, comme d'habitude, enfin il cuve son vin !

– Alors je vais être bref ! Votre nom de jeune fille est bien Berdon ?

– Oui, et alors ?

– Vos parents sont morts n'est-ce pas ?

– Maman est morte il y quelques années, papa a été fusillé pendant la guerre. Il appartenait à la Résistance ! dit-elle avec une certaine fierté dans la voix.

– Il a été le seul dans ce cas !

– Certains membres du réseau ont pu s'échapper à temps, mais mon père a été pris avec deux autres Résistants !

– Vous souvenez-vous de leur nom ?

– Bien sûr que non, à l'époque j'étais trop jeune !

– C'est bien naturel !

– Quoi d'autre ? fit-elle un peu énervée.

– Le nom de Justin vous dit quelque chose, naturellement !

– Oui, c'est le représentant qui apporte son vin à mon mari.

– Que savez-vous de lui ?

– Rien, à part qu'il vient souvent et que cela doit faire jaser les gens !

– Que vous importe ?

– Oui après tout, ils peuvent bien jaser mais personne ne vient m'aider à m'occuper d'André !

– André ?

– Mon mari, évidemment ! C'est plus facile de critiquer. Si tout ce petit monde devait supporter un infirme toute la journée et depuis tant d'années, il réviserait sans doute sa manière de voir. Que mon mari boive ne regarde que lui. Il n'a plus que cela ! Quant au reste, c'est mon affaire.

– En effet ! reprit Martineau, mais revenons à l'histoire de votre père.

—Mais c'est si loin tout cela et puis qu'est-ce que cela a à voir avec la mort de M. You ?

—La question mérite d'être posée en effet ! Je pense personnellement qu'en dehors des relations que vous pouvez avoir avec M. Michel Justin et qui ne regardent effectivement que vous, la mort de M. You pourrait s'expliquer par une autre raison que celle de l'accident.

—Oh, vous avez dû interroger les gens du quartier. La vieille folle d'en face par exemple. C'est bien cela oui, c'est bien mon droit de vivre à peu près normalement. Si vous croyez que c'est drôle d'être avec un paralysé toute la journée, alors oui, il m'arrive de me distraire un peu. Ce n'est quand même pas un crime que je sache !

—Non, bien sûr, madame. Ne vous méprenez pas sur le sens de ma visite. Je veux seulement éclaircir un point resté obscur dans l'enquête et qui est peut-être sans importance.

—Je vous écoute !

—Parmi les Résistants qui ont été fusillés avec votre père, figurait un certain Jean Justin. A votre avis, avait-il une parenté avec celui que vous connaissez.

—Je ne sais pas. Vous savez, nous nous connaissions peu...

—Vous m'avez bien dit que vous habitiez le même quartier, que vos parents travaillaient ensemble. Fatalement vous saviez des choses sur eux, et eux sur vous.

—Probablement, mais je ne vois toujours pas...

La pauvre femme paraissait de plus en plus mal à l'aise, son regard était fuyant, évitant celui du commissaire.

– Eh bien, moi je vais vous dire ce qui s'est passé, fit Martineau en élevant le ton, puisque vous vous obstinez à refuser de parler. Vous n'êtes pas sans savoir que l'un des deux autres Résistants qui a été fusillé avec votre père s'appelait Jean Justin et habitait précisément à côté de chez vos parents. Il était même très exactement le père de votre ami représentant en vins et spiritueux. Il ne faut pas être grand clerc pour deviner ce qui s'est passé. Au procès d'Armand Grimadot, vous étiez jeune mais, par la suite, vous avez appris la part qu'il aurait pu prendre dans la dénonciation du réseau auquel votre père et M. Justin appartenaient. Vous en avez conclu logiquement qu'il était responsable de leur mort à tous les deux... Même si aucune preuve n'était venue étayer ce fait. Vous vous êtes donc juré de venger la mort injuste de vos pères respectifs. N'est-ce pas madame ?

– C'est si loin tout cela. Personne ne pense plus à la guerre maintenant, et puis je ne vois pas le rapport avec la mort d'Olivier You.

– C'est pourtant simple. M. Michel Justin et vous vous étiez fait cette promesse de vengeance. Malheureusement pour vous, si je puis dire, Armand Grimadot est mort quelques années après le procès qui l'a condamné, mais dans votre esprit, c'était toujours lui le coupable. Il fallait donc qu'une vie soit sacrifiée, qu'il y ait une victime expiatoire en quelque sorte. Mais vous ne pouviez plus compter que sur vous pour exécuter la sentence que vous aviez prononcée, Michel Justin et vous. L'épouse d'Armand Grimadot n'avait pas été inquiétée, puis elle s'était remariée après la mort de son époux. Il restait leur fille, Léonie, celle qui allait devenir « la colonelle ». Le temps a passé, vous avez fini par vous marier vous aussi et sans doute par perdre de vue M. Justin... et oublier votre promesse. Le hasard a fait que la maladie de votre mari vous a amenée à Sainte-Pezenne dans une maison qui jouxtait la sienne. Votre mari, grand amateur de vin, a un jour contacté M. Michel Justin, sans savoir qu'il avait été votre camarade d'enfance. Vous vous êtes donc remémoré votre promesse, en même temps que vous êtes devenus amants.

Le colonel était peut-être mort ou n'allait pas tarder à s'éteindre et Léonie n'était plus qu'une vieille femme. Pourtant vous avez voulu marquer le coup, si je puis dire !

– Marquer le coup ?

– Oui, j'y viens. Du temps du colonel, vous n'avez pas osé, par crainte de son influence sans doute, mais votre amant et vous n'aviez pas oublié votre serment. Vous avez bien tenté de faire peur à cette malheureuse femme, devenue veuve, par l'envoi de lettres anonymes la menaçant de mort, mais apparemment cela n'a pas pris. Après le décès de sa mère, il ne restait que ce pauvre Olivier qui dépérissait de plus en plus. Il n'avait jamais été très pimpant, mais il ne restait que lui comme victime potentielle pour expier. Il fallait donc faire vite pour que votre vengeance à tous les deux soit enfin accomplie.

Votre domicile était un lieu favorable et vous avez échafaudé un plan. Vous avez remarqué qu'Olivier recevait parfois de la visite, une femme très exactement. Alors, à chaque fois qu'elle était là, vous téléphoniez à M. Justin, donniez à votre mari de quoi dormir et vous attendiez. Les occasions n'ont pas dû vous être propices et puis, un soir, précisément celui de sa mort, la femme est partie plus rapidement que d'habitude en le laissant assoupi dans son fauteuil, oubliant de refermer la porte-fenêtre qui donne sur la piscine et d'éteindre la lumière. Alors vous êtes passés à l'action. A l'aide d'une des deux échelles en aluminium vous avez ensemble escaladé le mur, la seconde vous servant à descendre de l'autre côté. Vous vous êtes introduits chez Olivier You et l'avez fait basculer dans la piscine où vous avez jeté son verre et sa bouteille pour faire croire à la noyade d'un homme saoul. Il s'est effectivement noyé et vous l'avez laissé se débattre dans l'eau, en l'empêchant sans doute de rejoindre le bord.

Vous vous êtes dit que si jamais des investigations étaient menées, on retrouverait fatalement les empreintes de cette mystérieuse femme et c'est vers elle que se porteraient les éventuels soupçons, que vous ne seriez pas inquiétés... D'ailleurs, il n'y avait aucune raison pour cela. Il faisait nuit et personne ne vous avait vus. En outre, la seule façon de s'introduire chez You était d'escalader ce mur de séparation et celui-là précisément. Vous avez dû prendre des précautions élémentaires pour ne pas laisser de traces, des gants par exemple, pourtant nous en avons trouvé. Malgré tout c'était bien pensé, je veux dire selon vos plans !

Il commençait à faire froid et Yvan se dit que son collègue tardait un peu. On entendit, de l'autre côté du mur d'enceinte une voiture qui freinait, une sirène qui se taisait. Une homme vint murmurer quelque chose à l'oreille du commissaire qui opina du chef et le laissa s'éloigner.

— Je reprends donc, si vous le permettez.

– Mais enfin, cela n'a aucun sens, et de tout ce que vous dites, vous n'avez aucune preuve !

– Le croyez-vous ? Il se trouve qu'une enquête a été ouverte suite à la mort d'Olivier You. Ce n'était là que de la routine administrative, mais de nombreuses empreintes ont été trouvées et nous en avons rapidement découvert le ou plus exactement la propriétaire, cette mystérieuse femme qui est venue spontanément au commissariat. Sauf que d'autres traces apparaissaient sur la porte-fenêtre, sur les bras du fauteuil où You dormait. Elles n'étaient certes pas nombreuses, de celles-là nous ne savions rien, jusqu'à maintenant. Ce sont les mêmes qui apparaissent sur le carton que j'ai pris tout à l'heure et qui a été examiné par nos services. Avez-vous quelque chose à ajouter ?

– Non.

– Ce que vous ignorez, madame, c'est que M. You était comme les grands solitaires, il s'adonnait à l'alcool, certes, mais aussi à l'écriture. Oh ! Ce n'était pas un grand diariste, et encore moins un épistolier, loin de là, mais quand même ! C'est vrai qu'avec ce que j'ai lu, je dois dire qu'il était dénué de tout talent littéraire. Il ne tenait d'ailleurs pas son journal au sens strict. Il se contentait de laisser quelques notes sur des feuilles volantes qu'il recopiait parfois sur une sorte de carnet. J'en ai retrouvé quelques-unes, notamment celle-ci !

Martineau sortit une feuille soigneusement pliée de sa poche.

Mme Gaurin évitait de plus en plus le regard du commissaire, montrait des marques d'une évidente nervosité.

– Ah oui, et qu'est ce qu'il a écrit, fit-elle sans même poser son regard sur le document que Martineau tenait encore plié dans sa main.

– Des informations qui pourraient bien vous mettre dans l'embarras.

– Tiens donc ! Le fait que le malheureux s'adonne à l'écriture comme vous dites, je ne vois pas en quoi cela peut m'intéresser, et encore moins m'embarrasser !

Yvan poursuivit. Pourtant, elle eut comme un sursaut.

– Dans cette petite note, il fait allusion à des lettres anonymes reçues par sa mère après la disparition du colonel et qui la menaçaient de mort. Il en a reçu également après la mort de sa mère.

– Des lettres anonymes, comme vous y allez ? Ce n'est pas sérieux !

– Peut-être, mais c'est un indice, un indice que je dois prendre en compte ! Dans les affaires policières, il ne faut en négliger aucun !

– Peut-être. Après tout, c'est vous le policier, pas moi ! C'est tout ?

– Non, non, il semblerait qu'Olivier ait très tôt compris qui était l'auteur de ces lettres.

– Et qui était-ce ?

— Oh ! Il ne faut pas être grand clerc pour le deviner. Lui, cela ne lui a pas posé de problème. En réalité tout cela était bien simple, c'est d'ailleurs lui qui le dit, avec une grande économie de mots, il est vrai. Il n'en avait pas l'air, comme cela, Olivier, mais il n'était pas plus bête qu'un autre. Pour ces lettres, celles qui avaient été adressées à sa mère puis ensuite à lui, il avait tout compris. Il avait confié ce secret au papier dans l'espoir, sans doute qu'il serait découvert si d'aventure il lui arrivait quelque chose. Il indique d'ailleurs que si une telle éventualité se produisait, il faudrait s'intéresser aux voisins qui sont les auteurs de ces lettres anonymes… Et des voisins, je ne vois que vous !

Tout en parlant, le policier ne quittait pas la femme des yeux. Elle faisait de plus en plus d'efforts pour garder son calme.

— Je veux bien que Sainte-Pezenne soit un petit village, mais quand même, des voisins, il en a beaucoup, même s'il ne fréquentait personne !

— Oui, mais des voisins susceptibles de lui faire parvenir des lettres anonymes, je ne vois que vous. Il se trouve que j'ai découvert ces écrits. Olivier y fait allusion, à plusieurs reprises, à un malheur qui pourrait lui arriver, à sa mort qui peut-être avait été programmée comme aurait pu l'être celle de sa mère... Il n'en savait pas davantage, évidemment.

— Écoutez, commissaire, si j'avais eu quelque chose à lui dire, j'aurais passé sa porte, je suis assez grande pour cela ! En tout cas je ne lui aurais pas envoyé des lettres, surtout anonymes. Quant à le tuer, c'est proprement ridicule. Franchement vos méthodes sont plus que contestables ! Quant à lui, je l'avais bien jugé, un foutu méchant homme !

La femme tentait bien de donner le change.

– Ne vous occupez pas de mes méthodes, elles ont fait leurs preuves. Mais vous me dites qu'il y a d'autres voisins dans ce village, enfin dans ce quartier. Certes, mais Olivier est sur ce point particulièrement précis.

– Oui, et qu'a-t-il écrit ?

Martineau laissa passer un court moment.

– Eh bien, il mentionne clairement « les voisins de l'autre côté du mur ». Là je ne vois que vous !

A ses mots, la femme s'effondra, en pleurs.

– Vous feriez mieux d'avouer maintenant, fit Martineau.

– Vous allez arrêter M. Justin ?

– Rassurez-vous, c'est déjà fait.

Le commissaire fit un signe discret à son collègue qui s'éclipsa.

– Et qui va s'occuper d'André, mon mari ? Il a besoin de moi.

– Ne vous tourmentez pas. Il sera pris en charge et soigné.

Il l'informa de ses droits selon la procédure et l'invita à monter dans une voiture banalisée. Quelques badauds s'étaient regroupés, attirés par les bruits de sirène. Yvan jugea préférable de ne pas lui passer les menottes : les ragots ne manqueraient pas de se répandre…

Le commissaire s'approcha de la maison. Par une fenêtre il vit le malheureux infirme endormi sur son lit. C'est lui qui paierait indirectement ce meurtre absurde perpétré à deux générations de différence pour la mort de ces deux hommes dont un monument et une place de Niort perpétuent la mémoire sous le nom de « Martyrs de la Résistance ».

Il essayerait de le lui expliquer !

Quand il quitta la maison, le rideau de la voisine d'en face se rabattit. La vieille dame au chat en savait sans doute plus qu'elle n'avait voulu en dire mais cela avait bien peu d'importance maintenant.

*

Il laissa passer la journée où M. Justin et sa maîtresse furent confrontés et signèrent leur aveux. Tout s'était bien passé comme le commissaire l'avait décrit.

L'affaire était désormais close !

*

La vitrine de la pharmacie clignotait de publicités pour les pastilles contre la toux et autres remèdes qui se vendaient bien pendant l'hiver. Yvan attendait dans la voiture que Thérèse quitte son travail. Normalement c'était son soir de charité où elle allait s'occuper des SDF pendant une partie de la nuit.

Quand elle sortit de l'officine, elle l'aperçut qui faisait les cent pas, impatient de la revoir. Elle s'approcha de lui, craignant ce qu'elle allait entendre. Il la rassura en lui annonçant l'arrestation de la voisine et de son amant. Ils marchèrent un peu. Les vitrines des magasins étaient maintenant décorées pour les fêtes à venir. La lumière des guirlandes se reflétait dans ses yeux.

Machinalement, il mit la main dans sa poche et en tira une feuille. Il eut un petit sourire. Son amie s'en rendit compte et l'interrogea.

– Oh, ce n'est rien ! Cela m'a permis de confondre les assassins d'Olivier.

– Ah oui, comment ?

– Grâce à cette lettre écrite par Olivier et qui indique le nom de sa voisine.

– C'est vrai, fais voir !

– Doucement, c'est une pièce à conviction. Mais, je veux bien faire une exception.

Il lui tendit la feuille.

Thérèse la déplia fébrilement et marqua un temps d'arrêt.

– Mais, mais... C'est une feuille blanche !

– Eh oui !

– Et alors ? Cela veut dire qu'Olivier n'a jamais rien écrit de tel.

– C'est cela. J'ai, en quelque sorte, retourné contre eux cette histoire de lettres. Ils ont avoué et surtout signé leurs aveux. Heureusement d'ailleurs ! Nous avions trouvé d'autres empreintes à demi effacées, mais elles ne donnaient rien de précis. Ils avaient dû chercher à les faire disparaître, en tout cas les traces que nous avions n'étaient pas significatives. Alors j'ai tenté un coup de bluff. J'ai prétendu qu'Olivier les accusait dans une lettre, une sorte d'écrit tiré d'un journal intime qu'il n'a jamais tenu... Et voilà la conclusion d'un rendez-vous avec la mort qu'ils avaient donné à ce pauvre Olivier !

Il y eut un moment de silence, comme un hommage furtif à la mémoire de cet homme à qui on avait fait payer une faute qu'il n'avais pas commise.

– Autrement dit, tu es maintenant hors de cause, conclut le policier.

Une fois montés dans sa voiture, il s'étreignirent. Elle ne craignait plus rien.

L'enquête était enfin terminée

Niort, hiver 2001.

Remerciements

- à M. Pierre Cailleton pour sa documentation personnelle sur l'église de Sainte-Pezenne.

- à Mme Gaborit, Présidente du Comité d'Animation Pexinois pour ses renseignements et son chaleureux accueil.

- à M. Surget et tout le personnel de la Médiathèque Régionale et de la Bibliohèque Municipale de Niort.

- à M. Frédéric Soyer, guide de territoire pour son aide amicale.

- à Darri pour son précieux et amical concours.

- à Mme Louise Laurent pour son aide précieuse.

- à mon épouse pour sa complicité.

Bibliographie

- « Notice sur les vies de Sainte-Macrine de Magné et de Sainte-Pezenne Près Niort » par l'abbé Picard, curé de Magné.

- « Histoire des communes des Deux-Sèvres » - Le pays niortais – Maurice Poignat – Éditions Projets.

- Notes sur Sainte-Pezenne – Maurice Beguin – Imprimerie Saint-Denis [Hors commerce]

- Mythologie des Deux-Sèvres – Guy Pillard – Brissaud à Poitiers

- L'église de Ste Pezenne de Niort - © Parvis 2003.

- Neuf balades et découvertes à Niort – Marc Thebault, André Alacade - Geste Éditions.

- Guide pratique de Niort – Jean-Marie Auzanneau – Éditions de la Nouvelle République.

- Les grandes affaires criminelles en Deux-Sèvres 1811-1939 – Olivier Goudeau – Geste Éditions.

- La Nouvelle République.

Discographie

- Symphonie n°41 en Do majeur K 551 « Jupiter »
- Claude Luter et son orchestre « New Orleans Revival »
- Paolo Conte – « Gelato al limon » - « Via con me » - « Boogie »
- « Le bleu de tes yeux » - Édith Piaf

Après « le rendez-vous de Sainte-Pezenne »

Nous étions vers la fin de l'hiver, les nuits étaient lumineuses, glacées, pleines d'étoiles et au matin les toits étaient poudrés d'une gelée blanche dont les cristaux étincelaient au soleil. En cet après-midi cependant il faisait doux.

Nous étions convenus de nous retrouver toujours à la même place, sur un banc, quai de la Regratterie. De cet endroit on peut voir et entendre la ville qui vibre au loin, mais ici, c'est le silence, le bruit de l'eau, le chant nasillard des canards, le temps qui s'écoule lentement, comme l'eau du fleuve. Ce lieu qui fut longtemps dédié au dur travail des mégissiers et qui maintenant était rendu aux piétons, a quelque chose de magique.

Le niveau avait un peu monté à cause des pluies. Les inondations du quartier ne seraient pourtant pas pour cette année. Le Lambon, dont le débit avait augmenté, était le témoin de ces précipitations récentes.

J'avais, selon mon habitude, relaté cette enquête sans en omettre aucun détail. Cela donnerait un roman qui serait publié ou un tapuscrit qui irait en rejoindre bien d'autres dans mes tiroirs. Cela dépendrait de l'éditeur ! Me suivrait-il dans cette aventure un peu folle du partage de l'écriture ?

Comme à chaque fois, j'avais compté sur la collaboration de Martineau, voire sur sa complicité. Je n'ai jamais su définir exactement la nature de sa démarche personnelle, entre l'amitié qu'il me témoigne et qui le porte à faciliter ma tâche d'écrivain et le plaisir qu'il doit éprouver, bien qu'il s'en défende, à lire ses propres enquêtes, enjolivées, il est vrai, par mon imagination. Cela procède d'une alchimie, dont je préfère, après tant d'années, ne pas explorer les arcanes.

Avec le temps, ce mystère s'épaissit. Nous laissons faire, moi par cette extraordinaire envie d'écrire qui me possède toujours et me pousse à la création, lui par une sorte de plaisir intime où la reconnaissance le dispute à la discrétion. Il m'aida donc mais, pourtant, il me fit toujours la même remarque qui évoquait l'inutilité de tous ces mots, l'improbable existence d'un éditeur... Quant au succès, il aimait mieux ne pas se prononcer !

Martineau m'avait parlé de cette enquête enfin terminée, du plaisir qu'il avait éprouvé à avoir dénoué cette énigme, d'avoir aussi vu le petit bourg de Sainte-Pezenne d'un œil différent, d'avoir pu, encore une fois, se remettre en question...

Puis, il fit une discrète allusion à cette femme partie désormais à l'autre bout de la France et qu'il ne reverrait jamais. Elle habitait encore ses pensées et resterait longtemps dans son souvenir comme un rêve. Au début, il en parla peu, comme quelqu'un qui a dit définitivement adieu à ses fantasmes, à ses projets évanouis... Je sentis, sans qu'il en dise rien, qu'une page de sa vie venait de se tourner avec les yeux clairs de cette femme en allée, qu'elle restait comme une plaie ouverte dans son âme. Je compris qu'il allait retrouver la solitude avec son chat, retomber dans sa mélancolie coutumière, et qu'il faudrait quelque chose comme un cataclysme pour l'en faire sortir. Puis, peu à peu, il poursuivit presque malgré lui.

« *Plus gris que le gris de ma vie*
Rien ne serait plus gris
Pas même un ciel de pluie.»

– Je vous demande pardon...

– Ce sont les paroles d'un vieille chanson qui m'obsède depuis ma rencontre avec Thérèse.

– Oui, je m'en souviens, répondis-je.

Ils avaient célébré ensemble la fin de l'année. Il lui avait offert un exemplaire des *essais* de Montaigne et elle un disque de Paole Conte. Yvan y avait ajouté un gros ballotin de chocolats. Sur une des pages blanches du livre, il avait écrit quelques mots pour personnaliser son cadeau. Les termes étaient pleins d'espoir pour leur avenir à tous les deux, peut-être trop au goût de Thérèse qui souhaitait probablement poursuivre son existence de célibataire et voyait sans doute d'un œil dubitatif cet homme entre deux âges tenter d'entrer dans sa vie. Il s'était mis à penser que son existence allait prendre un cours nouveau, et cette période de fêtes lui avait laissé un souvenir extraordinaire, lui pour qui chaque soirée se déclinait dans la solitude. Cette femme l'avait transformé, avait redonné des couleurs à son quotidien, et lui, avait tiré des plans sur la comète, un peu trop hâtivement sans doute ! Grâce à elle, Yvan avait un temps repris confiance en la vie, en l'amour, peut-être ? Puis le hasard avait fait que Thérèse était partie loin de lui. Elle avait certes ses obligations qu'il respectait. Cette enquête lui avait permis de rencontrer cette femme, plus très jeune mais encore jolie et désirable avec qui il aurait bien aimé terminer sa vie... Et tous ses beaux projets s'étaient évanouis d'un coup. Elle ne lui avait rien promis, c'était seulement lui qui s'était fait des illusions, qui s'était construit des châteaux en Espagne, des fantasmes dignes d'un jeune homme qu'il n'était plus depuis longtemps.

Elle avait choisi de retrouver sa vieille mère pour l'aider à mourir et avait quitté Niort sans espoir de retour. Elle ne lui avait jamais rien caché de ses projets, mais lui, de son côté, avait secrètement souhaité qu'ils ne se réalisent jamais.

Ce fut une période que le hasard avait mis pour lui entre parenthèses et qu'il n'oublierait pas de sitôt. Après tout, son fatalisme naturel l'aiderait sans doute à surmonter cette épreuve. Il en avait connu bien d'autres ! Ils avaient échangé leurs adresses, s'étaient promis de s'écrire comme des adolescents qui voient se terminer une trop courte amourette de vacances. Il avait fait semblant d'y croire, savait qu'il n'était pas un grand épistolier et que le temps et la distance modifieraient rapidement les résolutions et les sentiments. Il avait bien été tenté de lui écrire, mais avait renoncé.

De son côté Thérèse ne s'était pas manifestée.

Il avait donc retrouvé son chat, son univers limité et égoïste, était retombé dans cette mélancolie dont il était coutumier et qu'il aurait bien laissée au bord du chemin en vivant avec elle. Il parla d'un rendez-vous manqué avec une autre vie... Au moins avait-il la satisfaction d'avoir fait son devoir, d'avoir une nouvelle fois contribué à la manifestation de la vérité et peut-être d'avoir évité à Thérèse d'être inquiétée par la justice. C'était déjà cela !

Il savait qu'elle habiterait ses pensées pendant longtemps, les femmes qui y trouvaient leur place n'étaient pas si nombreuses !

Le quotidien avait repris son cours, on en finirait avec la mauvaise saison. Martineau détestait le froid, même si ici les hivers sont d'ordinaire doux et parfois lumineux.

Cette période lui avait permis de tisser des souvenirs dont il savait qu'ils ressemblaient déjà à des remords. Il n'osait pas se l'avouer, mais elle était peut-être partie rejoindre un autre homme. Pareille mésaventure lui était déjà arrivée avec son épouse et aujourd'hui encore, après tant d'années, il en était profondément meurtri. Cette histoire de vieille mère malade et au pas de la mort n'était probablement qu'un prétexte. Après tout, ce n'était peut-être pas pour lui qu'elle avait si joliment changé ! Thérèse était partie ! C'était comme si elle avait fui devant lui, comme si elle avait refusé cette vie nouvelle avec cet homme qu'elle connaissait à peine et qui allait à coup sûr bouleverser ses habitudes et peut-être ses certitudes.

Avait-elle voulu se dérober à un improbable bonheur auquel elle ne croyait plus ? Avait-elle décidé de fuir sa compagnie pour ne pas être déçue par lui comme elle l'avait été avec les autres hommes ? Préférait-elle garder intacte cette image plutôt que de la voir se dégrader, de jour en jour, en vivant avec lui ? Yvan n'avait-il pas été assez convaincant pour la retenir auprès de lui, pas assez amoureux peut-être pour la décider à changer de vie ? Avait-elle préféré mettre entre elle et lui suffisamment de distance pour que cette passade ne se transforme pas en une liaison durable et stable qui aurait ressemblé au mariage qui lui avait laissé, à elle aussi, un si mauvais souvenir ?

Toutes ces questions resteraient désormais sans réponse. Il remâcherait longtemps cette période de sa vie comme un échec sentimental d'autant plus difficile à accepter qu'il n'était plus très jeune et qu'il ne pouvait plus raisonnablement espérer qu'une femme s'intéressât à lui désormais !

Une chanson du crooner italien lui revint en mémoire :

« *Donna que stai entrando nella mia vita*
Con una valigia di perplexità
Ah, non avere paura che sia gia finita
Ancora tante cose qu'este uomo ti darà.»[40]

Pourtant Yvan n'avait rien fait pour brusquer les choses, au contraire. Il aurait bien souhaité vivre avec elle, hypothéquer cette liberté qui ne lui servait à rien d'autre qu'à s'engoncer chaque jour davantage dans cette déréliction qu'il n'avait pas vraiment choisie mais dans laquelle il avait fini par se complaire. Thérèse l'avait pourtant préparé à cette éventualité, lui parlant de la santé de plus en plus chancelante de cette lointaine mère qu'elle se devait d'aller aider, de son possible départ...

Yvan s'était pourtant bien promis de ne plus tomber amoureux, mais balançait toujours entre la volonté de trouver une compagne et celle de rester seul, en laissant au hasard le soin de décider pour lui. Pourtant là, il avait voulu peser sur le cours des événements, avait connu l'amour avec cette femme, ce qui ne lui était pas arrivé depuis de nombreuses années. Ce furent quelques semaines d'une vie intense où il avait pris passionnément cet antidote à sa mélancolie et à son désespoir. Grâce à elle, il avait repris goût à la vie...

---

40 « *Femme qui entre dans ma vie, avec une valise de perplexités, Ah ! N'aie pas peur que ce soit déjà fini, il y a encore bien d'autres choses que cet homme te donnera* ». Paolo Conte – Gelato al limon [Une glace au citron].

Puis elle s'en était allée, le laissant désemparé, au bord de la dépression nerveuse. Rien n'avait plus d'importance maintenant, il était à nouveau seul, face à son quotidien morne et sans joie. Il n'avait plus le courage de se raccrocher à ce qui lui restait, à ce qui avait fait sa vie avant et à ce qui lui avait permis de supporter tant bien que mal sa pauvre existence... Lui qui était en permanence hypocondriaque avait retrouvé la sexualité, le plaisir, l'amour qui colorent la vie... et voilà que tout cela s'était évanoui d'un coup !

Maintenant, il envisageait de reprendre ses pérégrinations, de demander une autre mutation, sans trop savoir quelle serait sa destination.

– C'est dommage, j'aimais bien la région ! me dit-il, l'air un peu absent.

Puis son regard se perdit dans les branches maintenant orphelines de leurs feuilles. Elles sortiraient au printemps de leur hibernation de bourgeons.

Il resta un long moment sans parler, les yeux dans le vague.

Moi aussi je comprenais, je partageais en silence son désarroi et les paroles de la chanson de Piaf me vinrent à la mémoire.

« *Plus vide que mes jours sans toi*
Aucun gouffre sans fond
Ne s'en approchera

Plus long que mon chagrin d'amour
Même l'éternité
Près de lui serait court. »

Il se leva, me serra énergiquement la main comme à son habitude, puis nous nous séparâmes.

La lumière de l'après-midi était douce mais un petit vent du nord se levait.

Niort, fin de l'hiver 2001

L'auteur, Hervé Gautier :

Hervé GAUTIER, né à La Rochelle en 1947, travaille et vit à Niort depuis de nombreuses années.

Fondateur en 1980, avec Marjan, poète humoriste niortais, de *La Feuille Volante*, revue gratuite de critique littéraire. Auteur de poèmes, nouvelles, romans, romans à énigme dont beaucoup ont pour cadre la ville de Niort :

Les Chemins d'Arc en Ciel - Poèmes - Autoédition - Niort 1981

L'ombre mauve - Poèmes -Editions du Terroir - Niort 1982

Numéro spécial consacré à la publication d'une nouvelle et de poèmes par Ellébores - Revue poétique et littéraire - Metz - 1998.

Co-traducteur de *Mémoire d'exil d'un espagnol* [Louis Bonet Lopez] - Edition Le Croît vif - 2002.

Un été niortais, roman paru aux Éditions du Petit Pavé, 2008.

Cet ouvrage a été composé par les Éditions du Petit Pavé et achevé d'imprimer par Corlet - 14110 Condé-sur-Noireau

Dépôt légal : Février 2011 - N° 76819

ISBN : 978-2-84712-283-1